Pôle fiction

Stéphane Servant

Guadalquivir

Gallimard

L'extrait du poème d'Antonio Machado cité en p. 9
est tiré de « Proverbes et Chansons XXIX »,
traduit de l'espagnol par Sylvie Sesé-Léger in *Poésies*.
© Éditions Gallimard, 1973

Le poème de Federico García Lorca « Paso »
in *Poème du Cante Jondo*
cité en p. 95-96 et en p. 181-182
est traduit de l'espagnol par André Belamich
in *œuvres complètes*.
© Éditions Gallimard, 1981, 1986

L'extrait de la chanson de Keny Arkana, « La Rage »,
cité en p. 9 est tiré de l'album *Entre ciment et belle étoile*
et reproduit avec l'aimable autorisation
de Because Music.
© Keny Arkana/Karl Colson « La Rage »
Éditions : D. R/Because Editions/Style Libre

© Éditions Gallimard Jeunesse, 2009, pour le texte.
© Éditions Gallimard Jeunesse, 2017, pour la présente édition

*À Brigitte, pour l'étincelle.
À Laure, pour sa patience
et son soutien.
À ma famille.*

« Parce qu'on a la rage,
on restera debout quoi qu'il arrive,
La rage d'aller jusqu'au bout
au-delà où veut bien nous mener la vie,
Parce qu'on a la rage,
rien ne pourra plus nous arrêter, insoumis,
sage, marginal, humaniste ou révolté ! »

Keny Arkana, « La Rage »

« Voyageur, le chemin
C'est les traces de tes pas
c'est tout ; voyageur
il n'y a pas de chemin,
le chemin se fait en marchant. »

Antonio Machado (1875-1939)
Proverbes et Chansons, XXIX

Prologue

D'abord, il y a le cliquetis de la bille de métal.

Et derrière moi, la voix de Chacal qui s'impatiente à nouveau : « merde, on va pas y passer la nuit ! »

La bille rebondit toujours, comme un insecte prisonnier entre mes mains. Désespéré et prêt à tout.

La main – celle de Cobra – vient se poser sur mon épaule.

– Allez, Croco. C'est ton tour.

Et il me pousse en avant, vers les poubelles.

Alors je cesse d'agiter la bombe de peinture.

Il ne reste plus que le silence, lourd comme avant l'orage. Petit à petit, je sens mes deux jambes s'enfoncer dans le béton du local à poubelles.

Sur ma nuque : le regard de Cobra.

Sur mon front : une goutte de sueur qui perle – au ralenti.

— Hé Croco, tu veux faire partie de la Meute, oui ou non ?

Je ferme les yeux, respire à fond.

L'odeur aigre des détritus, celle de la peinture et de l'essence me soulèvent un instant l'estomac.

Je pourrais vomir, me mettre à courir et m'enfuir loin de cet endroit pourri, mais non, je sais que je suis là pour ça : la Meute, je veux en faire partie.

Je veux en faire partie : c'est ce que mon bras dit quand il se lève et que mon doigt, tout seul, appuie sur la bombe.

La peinture explose alors sur le mur. Je trace ma croix. Ma première croix. Croix gammée. Rouge sang. Rouge feu. Comme un incendie.

Ensuite, tout va très vite : Cobra et Chacal qui reculent vers la sortie. Une allumette qui crépite. L'essence qui s'enflamme. Un souffle chaud et profond et la porte métallique qui claque dans mon dos. On y est. L'épreuve du feu. Moi, tout seul, enfermé avec le brasier. Le feu danse un instant au milieu de la pièce, indécis.

Puis il se précipite sur les poubelles, vorace. En quelques secondes, les flammes dévorent le plastique et soulèvent une fumée noire et âcre.

Je me mets à tousser et mes yeux s'embuent de larmes. Je remonte le foulard sur mon nez et j'attaque la porte à coups de pied.

Ça doit faire un boucan d'enfer dans tout l'immeuble mais il y a pas d'autre solution. C'est la règle du jeu : pour faire partie de la Meute, faut que je sorte de là. C'est comme ça que je gagnerai mon titre. Que je ferai partie de la famille, que je deviendrai un Frère du Feu. Et une famille c'est mieux vivant plutôt que mort.

Alors je m'acharne sur le métal à coups de rangers.

La fumée épaisse remplit maintenant la pièce et obscurcit ma vision. En un instant, mes yeux passent de l'humidité des larmes à l'aridité du sable. Comme deux morceaux de charbon desséchés et rougeoyants.

Pareil pour mes poumons qui s'enrayent dans ma poitrine.

Je frappe à nouveau. Et plus je frappe, plus je m'épuise.

Derrière moi, la chaleur vient me cuire le dos. Le feu gagne du terrain. La porte résiste encore. J'imagine qu'ils ont dû la bloquer avec un morceau de poutre ou une barre de fer. Je pourrai pas y arriver en frappant dessus. Je cherche un truc autour de moi qui pourrait m'aider.

Là-bas, le long du mur, un morceau de canalisation est descellé. Je me plaque à la brique pour contourner le feu. Ma tête tangue. Manque d'oxygène. La panique me gagne. J'agrippe le tuyau de métal qui me grille instantanément les mains. Chauffé à blanc. Rien à foutre, c'est ça ou je crève asphyxié dans ce putain de local. Je tire comme un malade sur le truc.

Le tuyau cède enfin.

Je bascule en arrière, me rattrape de justesse. Moins une et je m'écroulais dans le brasier.

Je me précipite sur la porte. Je cale le morceau de canalisation sous le panneau de métal et je fais levier. Les gonds se soulèvent de quelques millimètres. Je pèse de tous mes muscles et de tout mon poids.

Des papillons blancs se mettent à danser devant mes yeux. C'est pas le moment de tomber dans les pommes ! Dans un grincement, la porte jaillit enfin de ses gonds et bascule. Je me jette sur le côté pour pas la prendre sur la gueule. Le panneau de métal s'écrase sur le sol. La fumée noire jaillit dans le couloir. En même temps que moi.

J'ai l'impression que toute la cité se réveille au même instant.

De l'autre côté, Cobra et Chacal viennent me soutenir. On court vers la sortie. Nos pas éclaboussent les couloirs, les escaliers. Et puis enfin on débouche à l'air libre. Oxygène. Résurrection. Des gens se mettent à gueuler derrière nous. Sprint jusqu'au parking du supermarché. Les poumons en feu.

Des hurlements de loup déchirent la nuit. Et ces hurlements, ce sont les nôtres. Ceux de la Meute.

Ma Meute.

Maintenant, je m'appelle Croco.

1

Partout ça sent le vieux. Soupe aux légumes, détergent et draps froissés. Couloir d'hôpital.

Une table basse, trois chaises et des plantes vertes à moitié crevées, perdues dans leurs pots trop grands. Et un aquarium. Vide.

Comme si la mort qui plane ici s'était attaquée au moindre truc vivant. Tout en attendant de s'emparer du dernier souffle des vieux qui crèvent dans leurs chambres.

Je remue mes pieds sous la chaise. Sur mes godasses : une auréole brune et grasse, un papillon d'essence. Et dans ma main, la brûlure de la canalisation. Comme une étoile de feu incrustée dans ma paume.

Essence et feu : les souvenirs de la veille. Mon initiation. Ma première croix gammée. Mon premier incendie. Ma première chasse avec la Meute. On a maté tout ça de loin, depuis le parking du supermarché.

Tout le tremblement : les flics qui déboulent, les pompiers et tous les mecs le nez au balcon qui comprennent pas ce qui se passe. On s'est bien marrés quand des gars ont commencé à caillasser les bagnoles et que ça a tourné à l'émeute.

Comme dit souvent Cobra, ces mecs-là, ils sont à côté de leurs pompes. Ils comprennent rien à rien. Tu vois, ils ont pas de projet à part glander. Pas d'avenir entre les caves et les toits de leurs immeubles. C'est comme s'ils étaient bloqués entre deux étages dans un ascenseur qui ne marche pas. Alors ils sont prêts à faire n'importe quoi. Et ça, c'est notre force à nous. Parce que quand les gens auront compris ça, on les foutra dehors. Bref, il suffit d'allumer la mèche. Tout simple.

Et c'est ce qu'on a fait. Une belle flambée. Un beau feu de joie. Une belle fête.

Pas comme maintenant dans ce putain de couloir. Je rumine : j'aurais pas dû venir. Mais maman a insisté. Et planté devant la porte de la chambre 512, j'ai pas pu entrer.

Parce que là aussi, dans la chambre 512 comme dans toutes les chambres, dans tous les escaliers, dans tous les couloirs de ce foutu hôpital, ça sent le vieux et la mort. Et que déjà l'odeur me suffit. Que j'ai pas besoin de voir pour savoir : soupe aux légumes, détergent et draps froissés. Et peut-être pendue au mur une télé poussiéreuse qui ne s'allumera plus jamais.

Alors moi j'ai dit à maman : « Non, vas-y. » Et moi je remue ici, dans le couloir, mes pieds sous ma chaise. Et ça pourrait durer l'éternité.

Plus tard – je crois que je me suis endormi – c'est le bruit d'une porte qu'on referme. C'est les pieds de maman qui se dessinent à côté des miens. C'est ses yeux rougis qui se cachent. C'est son bras tremblant qui se tend vers moi. Et dans sa main, une vieille photo jaunie : « Pépita et moi. »

Elle murmure : « Tiens, ta grand-mère a dit que c'était pour toi. »

2

Moi, tout seul dans ma chambre. La musique de Rammstein à fond dans le casque. Je suis comme une barque paumée sur l'océan. Mes doigts se noient entre les pages, les lignes et les mots de ce putain de dictionnaire. Et les lettres de l'alphabet s'enchaînent comme des îles sans que j'en reconnaisse aucune. Partout sur le papier, que des mots inconnus, oubliés, dépassés.

Comme une collection de vieilles choses poussiéreuses abandonnées sur une étagère. Des trucs sentimentaux dont on n'arrive pas à se séparer mais qui ne servent plus à rien. Une galerie de choses étranges, presque dégoûtantes. Des reliefs d'histoires, qu'on garde enfermés là, entre les feuilles, comme des cadavres dans un placard obscur.

Au bout d'un moment, je tiens enfin la bonne page.

Je cherche. Rien entre *alsacien* et *altaïque*. Pas plus entre *alyte* et *amabilité*. Rien, rien et

rien. Comment ce truc peut bien s'écrire ?!
Je gueule : « Putain de dictionnaire ! » Et je le balance contre le mur.

J'enlève mon casque. Juste le temps d'entendre maman qui gueule elle aussi de l'autre côté de la cloison : « Frédéric ! Arrête tes conneries ! » et mon portable qui sonne. Je décroche. À l'autre bout, c'est Chacal qui déboule. Speed, comme d'habitude quand son père vient de lui prendre la tête :

— Hé Croco ! Qu'est-ce que tu branles, mec ? Ça fait trois plombes que je suis pendu au téléphone et à ta messagerie ! T'as vu ces enfoirés ? Ils ont même pas parlé de l'incendie à la télé !

— Ouais, je dis. Sûr qu'ils ont étouffé le truc parce qu'ils ont vu la signature.

— T'as raison. C'est con, c'était ton baptême du feu. Mais t'en fais pas, tu verras, la prochaine fois ils vont entendre parler de nous.

Il enchaîne, bouffant la moitié des mots au passage — son père a dû lui passer un sacré savon :

— Bon, en tout cas, t'as vachement assuré hier soir. C'est bien, mec, tu t'es pas dégonflé. Un vrai Croco ! Tu mérites bien ton surnom ! C'est cool d'avoir des mecs comme toi dans la Meute. Tu vas voir, on va tout faire cramer chez les rebeus. Je te jure. On va leur coller la trouille et ils auront plus envie de faire les malins ! Ouais, et puis Cobra est super fier de toi, je te jure ! La prochaine fois qu'on monte à Lille, il a dit, on t'embarque. On te présentera tous les potes de là-bas. Tu fais partie de la famille maintenant. Frères du Feu, Croco !

— Frères du Feu, je répète – la devise de la Meute.

— Et tu fais quoi ce soir, frangin ? Ça te branche d'aller te faire quelques bières au parking ?

— Non, je dis, ma mère est de repos ce soir. Et puis je suis crevé. Une autre fois.

Et je raccroche.

C'est vrai. Ma mère bosse pas ce soir. Et je suis crevé. Mais j'ai aussi autre chose en tête. Quelque chose dont j'arrive pas à me débarrasser.

Entre mes doigts, je retourne la photo jaunie.

Au dos, quelques mots tracés avec soin à l'encre noire : COCO Y PEPITA.

3

Coco y Pepita. Coco et Pépita. C'est le flash-back. Une photo qui s'ouvre comme un livre. Une image qui se divise en un million d'autres. Des vignettes qui défilent bout à bout. Un film en Super 8. Le diaporama du temps d'avant. C'est l'Espagne. L'extrême Sud.

Plus loin, au-delà d'un ruban de mer, c'est le Maroc.

Et le soleil cogne dur, même à l'ombre du grand figuier.

Je suis sur les genoux de Pépita, ma grand-mère.

Elle est déjà ridée comme une vieille pomme, éternellement habillée de noir pour le deuil de mon grand-père Alejandro. Mon grand-père, mort bien avant que je sois né.

Avec son tablier rapiécé et son fichu, son air fier et ses yeux sombres, elle est une sorte d'icône religieuse comme il y en a plein dans ce coin d'Espagne.

Et moi, tout petit, les joues encore bien rondes, les cheveux collés au front et le sourire aux lèvres : un visage d'enfant. Bien loin de mes pommettes saillantes, de mes épaules carrées et de mes cheveux bruns taillés court d'aujourd'hui. Bien loin du Croco de maintenant.

Moi, sur les genoux de ma grand-mère.

Moi, que tout le monde appelle alors « Coco ».

Saoulée par la chaleur, ma tête vient s'appuyer contre les petits seins de Pépita.

Eau de Cologne et huile d'olive.

Une odeur inimitable, inoubliable. Son odeur, qui m'accompagne tout au long de la journée.

Et puis, plus tard, c'est l'heure du bain.

L'eau fraîche tirée du puits dans un seau.

La grande bassine métallique. Le morceau de savon entre les mains de ma grand-mère. Et les mains de ma grand-mère qui me chatouillent sous les bras. Et on s'asperge en faisant les fous. Et on se marre comme des tordus. Ensuite, c'est la nuit. Dans la cuisine, la voix des adultes comme une berceuse. Dehors, les insectes qui ne veulent pas dormir. Les draps trop rêches parfumés au citron. Et par la fenêtre la course des étoiles. Qui brillent jusqu'à l'infini. Ou plutôt jusqu'à aujourd'hui. Jusqu'à cette chambre d'hôpital. Jusqu'à ce que je m'endorme. Noir.

Et puis le rêve s'installe : on est tous là sur la terrasse de la maison au figuier. Pépita, papa, maman et moi.

C'est le soir. La fraîcheur a remplacé la brûlure de la journée.

Personne ne parle. Même les insectes se sont tus.

Tout le monde regarde au-delà du vieux muret, dans la direction du fleuve. Car, on le sait, il y a quelque chose qui nous attend là-bas.

Et moi, tout petit, je sais pas ce que c'est. Seuls les adultes savent. Et j'ose pas poser la question qui me brûle les lèvres : « Qu'est-ce qu'il y a là-bas ? » Parce que, ça je le sais, j'ai peur de savoir. J'ai peur de la vérité. Alors je me tais. Et je laisse le temps passer. Et, brusquement, les étoiles s'éteignent ! C'est le noir le plus complet. Comme si la nuit elle-même avait été engloutie par quelque chose de plus sombre, de plus ténébreux. Comme de l'encre pure. Lourde et poisseuse. Et le froid monte en moi. Tétanisant.

Je cherche à tâtons autour de moi Pépita et mes parents. Où sont-ils ?! Ils étaient là il y a quelques secondes seulement ! Mais il n'y a plus rien.

Alors la panique me gagne. Je suis si petit dans ce monde si sombre. Pourquoi m'ont-ils abandonné ? Qu'est-ce que j'ai fait de mal pour qu'ils me laissent là, tout seul, sans aucune lumière ?

Mes mains fouillent la nuit. Mon esprit s'emballe. Je crois deviner des formes, des silhouettes qui glissent autour de moi. J'appelle : « Papa ? Maman ? Pépita ? »

Les silhouettes s'enfuient.

Je cours à leur poursuite, les bras tendus devant moi, comme un aveugle. Et chaque fois que je me rapproche, les formes s'éloignent un peu plus. Toujours un peu plus et toujours un peu plus loin.

On court comme ça jusqu'au bord du fleuve. Dans l'obscurité, je peux entendre son grondement sourd. Tout proche. Comme un animal tapi dans la nuit. Les silhouettes se sont plantées là, sur la berge. Je me rapproche, tremblant. Je tends le bras. Je saisis une main, deux mains. Ils sont là ! Je respire. Je me serre contre eux. Je cherche la chaleur. Mais je ne la trouve pas. Tout est froid. Presque glacé. Et sous mes doigts, je sens peu à peu leur peau se flétrir. Encore et encore. Se flétrir jusqu'à l'os. Et soudain les étoiles se rallument : trois cadavres m'entourent et m'agrippent. Dans leur crâne vide, il n'y a plus que la chanson morte du froid. Et leurs sourires sont menaçants, affûtés comme des crocs de loup. Je hurle de tout mon être. De toute mon âme. Et je me réveille.

4

Chacal balance sa bière contre le mur en tôle du supermarché. Le bruit et le verre explosent en mille morceaux pour venir mourir sur le parking désert.

– Putain ! il répète encore une fois, déjà bien bourré. Ils en ont même pas parlé à la télé ! Mais qu'est-ce qu'on peut faire ! Dès que *eux*, ils font un truc, on cause plus que de ça. T'en bouffes à toutes les sauces. Du soir au matin, t'as des bagnoles qui crament dans ta télé. Et qui crament dans les journaux ! Et qui crament à la radio ! Et sur Internet, mec, c'est la folie ! T'as des vidéos ! En direct ! Les mecs, ils filment tout ! Presque s'ils pouvaient t'amener sur place pour que tu puisses voir les flammes te lécher le cul, ils le feraient ! Et justement là, quand c'est nous qui passons à l'attaque, que dalle ! Rien ! Je comprends vraiment pas ce qui tourne pas rond dans ce foutu pays !

— T'énerve pas, balance Cobra, appuyé relax contre la portière de sa bagnole. On peut pas leur demander de tout piger du premier coup. Les médias, ils sont longs à la détente. Et puis c'est pas forcément eux qui décident. Il y a des mecs au-dessus. Des mecs au-dessus qui ont vu notre signature dans cette cave et qui ont pas envie que ça se sache. Des mecs qui balisent et qui vont mener une enquête. Des mecs qui sont de *leur* côté. Et c'est ces mecs-là qu'on doit mettre sur la touche. Tu crois que c'est arrivé tout seul en Allemagne ? Et en Italie ? Et en Espagne ? Et dans les Balkans ? Non, ça a pris du temps. Et ça a marché parce qu'il y avait des gens comme nous qui y croyaient et qui ont tenu bon. Tu vois, ce qu'on fait là, c'est de l'éducatif. É-DU-CA-TIF, il répète, en détachant bien les syllabes. Il faut y aller tranquille. Les poubelles, c'était un premier pas. Comment tu crois qu'ils ont commencé à Strasbourg ? Ils ont pas tout fait péter du premier coup. Il faut habituer les gens.

Chacal bougonne dans son coin en décapsulant une autre canette. Cobra continue, imperturbable.

— Vous connaissez le truc de la grenouille ? J'explique : si tu plonges une grenouille dans une casserole d'eau bouillante, elle va se barrer de la flotte en moins de deux. Normal. Trop chaud pour son petit cul habitué à ses vingt degrés. Par contre, si tu la mets dans la casserole avec *de l'eau froide* et qu'ensuite t'augmentes la température, petit à petit, ta grenouille elle se laisse cuire… Et en plus elle aime ça !

Chacal et moi on se marre comme des baleines en se tortillant du cul comme la grenouille.

Cobra passe une main sur son crâne rasé et ouvre une bière.

— Vous voyez ce que je veux dire, les mecs ? Si on commence à tout cramer d'un coup, le mec devant sa télé il va pas comprendre. Alors que, si on l'habitue petit à petit à ce que ça crame *tout le temps*, il va s'habituer. Comme en 1941 pour les Juifs. On les a pas tous déportés du jour au lendemain. On a laissé les gens se faire à l'idée et puis c'est passé comme une lettre à la poste. Là, c'est pareil. Le mec devant sa télé va se dire : « Ben ouais, c'est *normal* que ça crame chez ces parasites. Parce que c'est des fouteurs de merde. Il y a qu'à voir les attentats, Al Qaida, l'Irak, le World Trade Center. Les expulsions, les charters, aujourd'hui ça suffit plus. Ils ont raison les mecs qui font ça. » Et peut-être même qu'il va se dire : « *Moi aussi*, faut que je m'y mette. »

« C'est comme ça qu'il faut la jouer : on commence petit et ensuite on met la pression. Il faut faire dans le symbole. D'abord les caves parce que ça trafique. Et ensuite on passe à des trucs plus gros. On augmente la température.

Cobra avale une gorgée de bière et conclut sur un rot :

— Comme pour la grenouille.

Tout ça, ça nous fait gamberger Chacal et moi.

— Ouais, on pourrait cramer un de leurs putains de kebabs, propose Chacal au bout d'un moment.

— Non, je dis, il faut vraiment monter le gaz maintenant.

Cobra siffle entre ses dents :

— Hé, Croco, t'es motivé ce soir. T'as des propositions à nous faire peut-être ?

J'hésite un instant et puis je lâche :

— On a fait dans le souterrain, maintenant il faut faire dans la hauteur. Niveau symbole. Un truc que personne pourra louper.

— À quoi tu penses ? demande Chacal.

— Une mosquée, les gars. On pourrait cramer une mosquée.

5

Bibliothèque.

J'ai mis un moment avant de pousser la porte.

Direct, l'odeur des livres et le silence m'ont sauté à la gorge.

Tout autour de moi des rayonnages, des montagnes de bouquins que je n'ai jamais ouverts et que je n'ouvrirai jamais. Un vrai labyrinthe, un univers hostile dont je n'ai pas les clés.

– Tu cherches quelque chose ? demande la documentaliste, une petite bonne femme toute sèche, tapie comme un dragon derrière le comptoir laqué.

Et moi, je reste là comme un con sans savoir quoi dire, paralysé. Je crois que c'est la première fois que de moi-même je fous les pieds dans la bibliothèque du lycée, à part le jour où la prof d'histoire m'avait collé toute une matinée. J'avais le choix. C'était salle de permanence avec un pion à la con ou bibliothèque. Vite vu. J'avais pioncé deux heures planqué derrière un bouquin.

Je passe une main dans mes cheveux.

— Eh bien, tu cherches quelque chose? demande le dragon en se levant.

Et dans ma tête, ça résonne comme: «Qu'est-ce que tu fous là? Je crois que tu t'es gouré d'endroit. Ici, il n'y a pas de distributeur de Coca.»

C'est vrai, quoi. J'ai rien à foutre ici. C'est décidé: je me démerderai autrement.

Alors je fais un pas en arrière vers la sortie:
— Heu, non, c'est bon... Je reviendrai.

Le dragon insiste, insidieux:
— Je peux t'aider si tu veux...

Dans la salle, attablées devant des bouquins, je remarque des filles de ma classe qui lèvent un œil vers moi et se mettent à ricaner.

J'agite la tête comme un crétin pour dire:
— Non, non, c'est bon.

Et je me retourne pour m'enfuir. Derrière moi, j'entends:
— C'est pour un exposé, c'est ça?

Alors je me retourne, le rouge aux joues, et j'attrape la perche qu'elle me tend:
— Heu, ouais, c'est ça... Il me faut un dico. Mais un dico de maintenant, pas un vieux truc.

Le dragon se déride, me lance même un sourire, et m'accompagne entre les rayonnages.

Au passage, je fais un doigt d'honneur aux filles et ça leur coupe net l'envie de se marrer. Elles savent qu'il ne faut pas me chercher. Au lycée, j'ai déjà ma réputation. En septembre, j'ai démoli deux gars d'entrée, des terminales qui voulaient que je leur file mon portable. Je leur avais donné rendez-vous dans les toilettes pour régler la chose. Les mecs faisaient les caïds. Ils me prenaient pour un bleu. Ils n'auraient pas dû. Une rangeo direct dans les couilles, un coup de boule, le nez en sang et la tête plongée dans l'eau pourrie des chiottes. C'était plié. Maintenant, les mecs rasent les murs quand ils me croisent. Et, au besoin, ça me dérangerait pas de recommencer dans les chiottes des filles. Alors elles la bouclent et elle replongent dans leur bouquin.

— Là tu trouveras ton bonheur, me dit le dragon en me tendant un gros dico flambant neuf.

Mon bonheur ?

Vraiment pas sûr…

Cinq minutes plus tard, je me barre de la bibliothèque en claquant la porte.

Sur une table, il n'y a plus que le gros dico abandonné. Ouvert sur les pages 56 et 59. La feuille qui manque, c'est moi qui l'ai arrachée.

Les phrases froissées se sont répandues

sous la chaise. Déchirées. Dépecées. Comme un cadavre démembré.

Dans un océan de mots, on peut lire ceux-là :

ALZHEIMER [alzajmer] (MALADIE D'): maladie neurologique dégénérative de cause inconnue, présénile, caractérisée par une atrophie diffuse du cortex cérébral provoquant une démence progressive.
ENCYCL. La maladie d'Alzheimer est la cause la plus fréquente de démence. On tend à la regrouper avec les démences séniles sous le terme de *démences de type Alzheimer*. Elle commence souvent de manière discrète, par des troubles de la mémoire. Puis, en quelques années, apparaissent le déficit intellectuel évoluant vers la démence, les troubles du comportement social, du langage (aphasie), de la motricité (apraxie), de la perception (agnosie). Plusieurs traitements sont expérimentés, parfois avec un certain succès.

Je sais maintenant : Pépita est folle.
Et elle va bientôt mourir.

6

Chacal et moi sur le parking du supermarché, avec pétards et pack de bières.

Le supermarché et son parking, notre refuge, juste sous le périph, le seul territoire neutre entre les tours de la cité et les petits pavillons où on habite, Chacal et moi. Comme une frontière entre deux mondes.

Et pourtant on y est nés tous les deux, dans ces tours dressées en face de nous. À l'époque, c'était ce qu'il y avait de mieux pour les ouvriers. Sauf qu'on avait construit ça en dix minutes et que dix minutes après c'était déjà pourri. Comme une maladie, le neuf était déjà devenu vieux. Alors, un jour, quand ils ont eu les moyens, nos parents en sont partis. Ils ont franchi la frontière du supermarché et du périph. Ils ont abandonné les cages à lapins pour les petits pavillons qu'on venait de construire de l'autre côté. C'était pas la joie non plus mais au moins ça tenait debout. « Et même si ça s'écroule, au pire on tombera pas de bien haut ! » disait mon père.

C'est à partir de là que les autres sont venus s'entasser dans les apparts vides et pourris. Et qu'ils ont fini le travail de démolition avec les familles nombreuses dans vingt mètres carrés et des cloisons fines comme des feuilles à rouler.

Et depuis c'est la guerre. D'un côté et de l'autre de la frontière.

Et encore, heureusement, on a chacun notre école, notre collège et notre lycée, sinon je sais pas comment on ferait.

Bref, les autres font des descentes dans notre quartier pour casser des bagnoles ou des baraques. Et nous, on s'organise peu à peu pour se venger et tout faire cramer chez eux. C'est ça la Meute. Comme dans plein d'autres villes de France. Comme un grand réseau de sentinelles. Toujours prêts à rendre coup pour coup. Jusqu'au moment où on passera vraiment tous à l'action.

Pour l'instant, le supermarché, ça reste le seul endroit qu'on respecte encore, nous et eux. Comme si le parking marquait la frontière à pas dépasser. On essaie juste de pas se croiser, de pas trop faire de vagues et pour l'instant ça marche puisque le supermarché a pas encore brûlé. Sûrement parce qu'il y a des caméras de surveillance et une armée de vigiles pour la sécurité. Mais sûrement aussi parce que tout le monde a besoin de picoler et de bouffer.

Alors c'est là qu'on se retrouve, Chacal et moi, les soirs où ma mère bosse au nettoyage. Juste à quelques mètres, dans les allées vides du supermarché derrière nous.

On parle de tout, de rien. Enfin, c'est Chacal qui parle surtout. Speed comme d'habitude, encore plus quand il a fumé. Chacal parle jamais de lui mais il adore raconter des conneries et faire des blagues à deux balles. On se marre bien. Alors on se retrouve souvent sur le parking.

— Tu vois, ce parking, c'est comme ma deuxième maison, dit Chacal. Il manque qu'une télé et une console et, je te jure, je m'installe ici ! Ciao les parents. Si vous voulez me voir, cherchez entre les Caddie !

Faut dire que la maison de Chacal c'est pas exactement un havre de paix. Et qu'on y trouve plus de coups dans la gueule que d'affection. C'est comme ça que ça se passe chez lui. Pas de blancs entre les lignes : il faut filer droit. Un ancien flic à la retraite, le père de Chacal. On raconte qu'il a été viré pour s'être lâché sur un mec, un Arabe, pendant une garde à vue. Tabassage en règle. Le mec est reparti en fauteuil roulant. Bavure. Du coup, le père de Chacal, il passe ses journées à glander à la maison. Et lui comme son cerveau, ils tournent en rond. Et c'est Chacal et sa mère qui ramassent.

Alors c'est parking, pétards et pack de bières.

Chacal décapsule une canette.

Je profite du silence pour demander :

— Et toi, t'as des gens qui sont morts dans ta famille ? Je veux dire, des gens vraiment proches.

Chacal me regarde avec un air grave :

— Ouais. Mon oncle. Un jour, mec, il se pointe dans ma chambre. Tu vois, c'était pas le jour à me faire chier parce que mon père m'avait pris la tête à cause d'un cours de maths que j'avais séché. Alors tu vois, de rage, j'avais vidé une bouteille de whisky que j'avais gardée pour une super occase. J'étais bourré grave. Je tenais plus debout. T'imagines. Alors je m'étais allongé sur mon lit et, peinard, je jouais à la console. Et mon oncle, tu sais, celui qui s'est engagé, il rentre dans la chambre. Tu vois, sans frapper ni rien, il déboule comme ça. Je lui balance : « Vas-y, casse-toi ! » Mais lui, il insiste. Il veut jouer à la console. Et comme moi je veux pas, il me prend la manette des mains. Alors je m'énerve, avec le whisky et tout. Tu vois, le ton monte. Je le traite de connard. Et là, il pète les plombs et il m'envoie une super mandale dans le bide...

— Et alors ? je demande.

— Et alors, ben devine !

— Je sais pas moi.

— Ben je lui ai gerbé à la gueule ! Il est tombé raide mort ! (Et Chacal explose de rire en mimant la scène du mec bourré qui se met à vomir.) Mortel ! Mortel !

— T'es vraiment trop con, je lui dis. Tu devrais arrêter de fumer, ça te grille le cerveau.

Chacal n'en finit plus de rire. Et moi je ramasse mes genoux contre mon menton, furax.

Il se calme enfin et vient s'asseoir près de moi, sérieux.

— Tu penses à ton père, c'est ça ?

Mon père. J'avais dix ans. Un soir d'été, il était complètement bourré et sa bagnole avait percuté un arbre sur une petite route. Mon père n'était pas mort sur le coup. Il aurait pu s'en sortir. Mais la bagnole avait fini sa course dans un canal. Mon père est mort noyé. On avait dit : accident. La faute à pas de chance. Une victime supplémentaire de l'alcool au volant. Une de plus sur une longue liste.

Mais depuis, ça n'arrêtait pas de clignoter dans ma tête : suicide.

Parce que je savais que mon père déconnait depuis un moment. Que tout était déglingué dans sa vie depuis le chômage. Qu'il avait perdu le goût même de la vie.

— Je suis désolé, vieux, me dit Chacal.

— Laisse tomber ! C'est rien. C'était pas de ça que je voulais te parler. Allez viens, on rentre.

On se lève pour y aller quand les mecs déboulent en face de nous. Les autres. Ils sont une dizaine.

Et ils ne sont pas là pour s'amuser.

7

— On va leur faire voir à ces bâtards ! On va leur faire voir ce que ça coûte de s'attaquer à la Meute !

Cobra crache par terre et Chacal ricane avec sa tronche en vrac – qui est pas mieux que la mienne – et sa lèvre fendue comme un livre ouvert.

C'était hier soir : le parking du supermarché, les canettes de bière et les pétards. Les mecs qui débarquent, on sait pas d'où. Sales gueules, blousons à capuche et aussi des manches de pioche. Après, c'est la baston. Ou plutôt la tuerie. Chacal et moi contre dix, vingt, trente mecs. Impossible de savoir. Juste le temps de courir. Chacal qui trébuche. Et les coups qui se mettent à pleuvoir : « Enculé, tu vas voir qui c'est qui va cramer le premier ! Ma cité ou ta sale gueule de nazi ! » Roulé en boule, Chacal gueule. Et ses os qui hurlent qu'ils vont exploser. Moi aussi ils me chopent près des portes du supermarché. Je balance mes poings dans tous les sens mais pour chaque coup que je donne, j'en prends deux. Je tombe par terre. Je protège ma tête. Les mecs s'acharnent. Coups de pied. Ça frappe si fort que je ne sens presque plus rien. Anesthésié. Je sais pas combien de temps ça dure. Quelques secondes ? Dix minutes ? Une éternité ? Après, c'est un vigile, venu du supermarché, qui gueule plus fort que tout le monde, qui lâche son chien et qui sort son flingue. Et tout le monde se tire en courant. Chacal et moi on se traîne jusqu'à l'angle de la rue. On a le nez explosé. Des bleus un peu partout. Sûrement des côtes pétées. Un des mecs a pissé sur Chacal en lui faisant croire qu'il l'arrosait d'essence. Il est fou de rage. Il veut y revenir mais je le retiens. Il jure qu'il va se les faire. « On reviendra, je lui promets, on reviendra. »

Ensuite je le ramène chez lui. Manque de bol, il n'a pas ses clés… Et c'est son père qui ouvre la porte.

Et, Chacal ne nous le dira jamais parce qu'il est trop fier, mais c'est son père qui se met à lui cogner dessus. Et c'est son père qui lui démonte la tête et qui lui pète la lèvre parce que : « Qu'est-ce que t'as encore foutu, petit con ! »

— Ouais ! on va leur montrer à ces bâtards, répète Cobra. Laissez-moi réfléchir un instant.

Moi je prends Chacal par l'épaule :

— Tu vas voir, mon pote, ils vont regretter ce qu'ils ont fait.

Il me répond par une grimace. Sûr que sa mère et lui ils en ont bavé toute la nuit.

Alors Cobra dit : « On va laisser tomber le plan de la mosquée pour l'instant. Là, il y a urgence. Faut pas qu'on se laisse marcher sur les pieds. Faut agir. Pas vrai, Croco ? » il demande.

— Ouais sûr ! je dis en glissant un sourire tuméfié à Chacal. On va se venger.

— C'est plus que ça, Croco, me reprend Cobra. C'est plus que de la vengeance : on va juste leur montrer que c'est *l'ordre naturel* des choses. Ils ont fait une erreur en venant sur notre territoire. Ils ont fait une erreur en venant en France. Et comme les animaux, on défend notre territoire. Et comme les animaux, on défend notre Meute. Parce que quand on attaque un membre du clan, c'est tout le clan qu'on attaque. On a notre honneur. Alors on va aller rétablir l'ordre naturel des choses. Et leur faire savoir qu'ils ont mis les pieds un peu trop loin. Qu'ils ont passé les bornes. Et franchi la frontière. Et que ça, ils auraient jamais dû. Ouais ! on va faire tout ça parce qu'on est la Meute. Et je connais un excellent moyen de le leur faire savoir...

Alors Cobra sort le flingue de son blouson. Noir et froid. Et ça brille dans ses yeux. Et ça brille dans nos yeux à tous. Et on se met tous à hurler. Comme des bêtes sauvages. Ouais, on va leur foutre le feu ! Ce soir !

8

La maison est vide.

Sur la table du salon, juste un mot : « Tu as à manger dans le frigo. Bisous. À demain matin. Maman. »

Ce soir encore, maman bosse au supermarché, elle ne rentrera pas avant le matin.

Et moi j'ai pas faim, le corps tendu à l'extrême par ce qui va se passer tout à l'heure.

La maison est vide.

Juste moi sur le canapé avec un carton sur les genoux. Habillé tenue commando. Noir, de la tête aux pieds.

— Pense à la cagoule, a dit Cobra. Faut pas qu'un de ces bâtards aille porter plainte quand on leur aura foutu une dérouillée.

Et Cobra sait de quoi il cause. Parce que de la taule, il en a déjà fait. Coups et blessures. Vol à l'arraché. Vol avec effraction. Et aussi d'autres conneries dans le genre. Depuis qu'il est majeur et qu'il est sorti du foyer, il sait que les flics le surveillent. Alors maintenant il fait mine de se tenir à carreau : il sèche plus un cours de son CAP mécanique, il ne picole pas trop et il a arrêté le shit : « De toute façon, ça fait qu'engraisser la vermine », il dit.

« Et puis, tu vois, il m'a expliqué dès la première fois où je l'ai rencontré à la salle de jeux, c'est ça la Meute : on est l'avenir de l'Occident. Imagine : on est comme les guerriers d'Odin, le dieu nordique. Tout s'écroule autour de nous. Les empires, les cités, les hommes. C'est la fin du cycle. La grande bataille, c'est pour bientôt. Et il y a plus que nous pour relever la tête. Alors il faut que la tête fonctionne bien. À plein régime. Faut être toujours vigilants. Ils débarquent de partout mais nous, on est là comme des sentinelles. Paris, Marseille, Toulon, Lille ou Strasbourg. Tu vois, mec, on est là, dans l'ombre, et on attend le bon moment pour frapper. C'est ça la Meute : invisibles mais toujours présents. Comme dans la jungle. »

Alors je fouille dans les vieilles affaires de papa à la recherche de la cagoule.

Les fringues qu'il mettait pour aller bosser au chantier.

Dans un seul carton, le boulot de mon père en résumé : bleu de travail, chaussures de sécurité, ceinturon, duffle-coat, Thermos, casque. Et la cagoule.

Comme une panoplie. Mais pas une panoplie de super-héros. Pas comme celle de Superman que j'avais quand j'étais môme. Non, une panoplie de maçon. Une panoplie de lève-tôt et de gagne-petit. C'est tout.

Maçon. Un boulot de trimard. Mais un boulot qui faisait toute la fierté de mon père. Parce qu'il était espagnol, qu'il avait quitté son pays le jour de ses vingt ans et qu'il avait réussi à s'intégrer ici. Comme il disait souvent : « Je suis plus français que les Français. » Et, c'est vrai, je crois qu'il était devenu français au point d'avoir honte d'être né espagnol.

Bref, dans ce carton, rien que des trucs que maman n'a pas pu balancer après « l'accident ». Parce que c'était tout ce à quoi papa tenait. Les symboles de son « intégration ».

Des trucs du temps où il bossait. Avant le chômage. Avant l'alcool. Avant le suicide, j'en suis persuadé.

La vérité, celle que ma mère n'a jamais voulu avouer, c'est que mon père supportait pas de s'être fait virer de sa boîte. Que ça avait ruiné sa tête et sa vie. « Restructuration », « Changement d'équipe » « Reclassement », c'est les mots qu'il avait ramenés à la maison ce jour-là.

« Restructuration », je traduis : des mecs payés au rabais, des immigrés, des Arabes ou des blacks qui lui avaient piqué le boulot pour lequel il avait tant trimé.

« Changement d'équipe » : c'est ce qu'il n'arrêtait pas de répéter quand il picolait. « Des mecs qui ne mangent pas de porc et qui prient les fesses en l'air. Des gens qui feront jamais le tiers du quart de ce que j'ai fait pour ce pays. » Et c'est vrai que mon père avait jamais craché sur le boulot. Je l'avais jamais vu râler de devoir se lever avant le soleil et de rentrer en pleine nuit. « Et ces connards me virent pour embaucher ces minables ! C'est comme ça qu'on me remercie ! », il se mettait parfois à gueuler.

« Reclassement » : comme s'il n'avait été rien d'autre qu'un déchet à recycler. Et quand les mecs de l'ANPE lui avaient dit : « À votre âge, ça va pas être facile de trouver quelque chose », il avait foutu un bordel inimaginable dans l'agence. Les vigiles étaient venus le choper et l'avaient balancé dans la rue. Comme une merde.

Il en avait gardé une rage pas possible et un dégoût pour la vie.

Et moi aussi.

Parce que depuis ce moment-là, ça avait été fini les parties de foot, les virées au MacDo et ses petits mots sur ma table de nuit. Sa honte avait effacé tous nos sourires et les choses avaient empiré. Avec maman. Avec moi. Et avec lui-même.

Oui, c'est pour ça que sa bagnole avait percuté cet arbre. Et c'est pour ça qu'il s'était noyé dans ce canal.

Et que depuis ce jour-là, son fantôme était tapi dans mon dos.

Je pouvais sentir sa présence à chaque instant.

Plusieurs fois, il m'avait même semblé l'apercevoir au coin des rues ou dans la foule d'un supermarché.

Il m'arrivait de me retourner et de courir après une silhouette en bleu de travail. Mon cœur se mettait alors à battre à tout rompre. Je ne pouvais pas m'empêcher de penser : « C'est lui ! Cette façon de marcher, de se pencher, oui, cette fois, c'est bien lui ! » Et mon esprit s'emballait tout à coup : « Cette histoire de canal, ça a jamais existé. Il n'a pas pu partir comme ça. C'est lui qui a imaginé tout ça. Un gros bobard. Pour reconstruire sa vie ailleurs, loin de nous. Un nouveau départ. Peut-être à cause d'une nouvelle femme ou d'un truc comme ça. Avec un nouvel appart, de nouveaux enfants, dans une nouvelle ville. Ou peut-être même dans la même ville, ici, à quelques kilomètres de chez nous, ou peut-être même dans le pavillon d'à côté. Pour pouvoir quand même rester près de nous. »

Et j'imaginais mon père avec une nouvelle tête, un nouveau look, un boulot différent, faisant gaffe le matin de ne pas nous croiser pour pas dévoiler son secret. Il nous épiait peut-être depuis son salon, planqué derrière les rideaux, dans la baraque en face. Il vérifiait que tout allait bien pour nous. Il avait voulu reconstruire sa vie mais il ne pouvait pas s'empêcher de se sentir honteux de nous avoir abandonnés comme ça. Alors il restait toujours dans le coin. Toujours invisible et silencieux mais toujours présent. Il se cachait comme un clandestin, se disant peut-être qu'un jour il reviendrait vers nous…

Mais quand, dans la rue, je faisais enfin face au visage inconnu auquel la silhouette appartenait, le fantôme de mon père avait déjà disparu. Devant les yeux surpris du mec, je me mettais alors à bafouiller, l'air complètement abruti et déboussolé. Je m'enfuyais, loin du bleu de travail, bousculant les gens dans la foule qui me traitaient de petit con, la rage au ventre et des larmes dans les yeux.

La vérité, c'est que je devenais complètement cinglé.

C'est pour ça que les coups que j'ai reçus hier soir, je m'en fous pas mal. Je pourrais en prendre dix fois plus : je m'en taperais toujours autant.

Tout ce que je veux, c'est réparer ce qui a été fait.

Tout ce que je veux, c'est venger mon père. Et c'est pour ça que j'irai en chasse ce soir avec la Meute. Et s'il le faut, ça sera une vie pour une vie.

La maison est vide. J'ai la cagoule. Je referme la porte.

Et là, sur la table du salon, le téléphone se met à sonner.

9

– Putain qu'est-ce que tu fous, Croco! On t'attend depuis une demi-heure! Les autres sont là, juste en face. Une rue à traverser et on se les fait! hurle Chacal.

Ensuite c'est la voix de Cobra:

– Hé petit, tu te dégonflerais pas des fois?

– Non, je dis, c'est juste que j'ai une urgence. Bougez pas, j'arrive.

– T'as intérêt.

L'urgence, elle est là. Quelque part. Au milieu de cette foule. Sur le quai de cette gare.

Tout à l'heure, c'est la voix de ma grand-mère qui a surgi dans le téléphone, la voix de Pépita:

– Oh! mon petit Coco. Comme ça me fait plaisir de t'entendre, avec un brouhaha pas possible derrière.

– Quoi? J'entends rien! j'ai gueulé. Pépita?!

— Oh! mon petit Coco, je te téléphone pour te dire au revoir. Je m'en vais.
— Quoi?! T'es où là? T'es à l'hôpital?
— Je m'en vais, mon petit Coco. Je m'en vais.
— Mais c'est quoi cette histoire? Où tu es?
— À la gare, Coco. À la gare. Je prends le train!

Alors, c'est choper le dernier bus, prendre le métro, courir dans les couloirs et se perdre dans la gare. Avec l'heure qui tourne et dans la tête l'image de Pépita, ma grand-mère complètement folle, qui va monter dans le premier train qui passe pour partir vers n'importe où. Si maman apprend ça, elle va péter les plombs.

Je dois la retrouver avant qu'elle fasse une connerie.

Si c'est pas déjà fait.

Dans la gare, partout c'est la foule des trains de nuit et des premiers départs en vacances d'été.

Je cherche la silhouette de Pépita au milieu de tous ces corps anonymes qui se croisent et s'entrecroisent.

Je cours. Je bouscule des gens aux visages fatigués qui se mettent à gueuler. J'arrive devant l'immense écran d'information. Les lumières dansent devant mes yeux. Arrivées. Départs. Retards. Horaires. Toutes les villes de France, toutes les capitales d'Europe et toutes les minutes et toutes les heures se fondent dans un brouillard électronique. Comme des hiéroglyphes indéchiffrables.

Je crie dans la foule : « Pépita ! » Des gens se retournent mais la plupart s'en foutent. Indifférents à ma panique.

Un peu plus loin, un vigile accompagné d'un chien tourne la tête dans ma direction. Il me mate avec un sale regard.

Le type commence à marcher vers moi quand une annonce vient résonner à mes oreilles.

Juste le temps de saisir ce que dit la voix électronique : « Quai n° 2. Voie A. Le train n° 409 à destination de Madrid va partir. Attention à la fermeture des portes… »

Liaison Madrid – Espagne – Pépita.
Déclic !

Alors je cours à m'en enflammer les poumons. Quai n° 2. Le train est encore là. Si long que je ne peux pas en voir le bout.

Des gens sur le quai font au revoir de la main aux voyageurs dans les wagons.

Moi je saute face à chaque fenêtre de chaque

compartiment, à la recherche du visage de Pépita.

À chaque coup, que des tronches inconnues, les yeux égarés dans un magazine ou dans le fond de leurs bagages.

Je cours toujours et toujours rien.

Je percute au passage une fille et son mec en train de se rouler un dernier patin avant le départ. Le type se casse la gueule et se met à brailler je sais pas quoi.

Rien à foutre, je continue.

Puis, d'un coup, j'entends les aboiements d'un chien. Et quelqu'un derrière moi : «Hé! Toi!»

Je me retourne : le vigile a ôté la muselière du clébard et se dirige au trot dans ma direction, suivi par l'autre mec. Merde! À côté de moi, le train vibre, sous pression, prêt à s'élancer.

Soudain, le sifflet du chef de gare me vrille les oreilles : le train va partir.

Dernière chance : je saute sur le premier marchepied venu, déboule dans le wagon en appelant : «Pépita!»

Secousse. Je perds l'équilibre. Choc. Ma tête contre la porte des toilettes. Comme un coup de marteau. Fulgurant. Tout devient blanc.

Juste le temps de voir les portes du wagon qui se referment sèchement.

Et le train part.

10

– Ça va, jeune homme ? demande la voix tout au fond de mon crâne.

Une autre, une voix de femme, dit : « Il n'a pas ses papiers. »

J'ouvre les yeux. Difficilement.

Allongé entre deux compartiments, sur le sol de métal froid, j'ai la tête qui explose.

Au-dessus de moi, deux contrôleurs, un homme et une femme, me dévisagent d'un air suspicieux.

Tout bouge autour de moi. Je mets un moment à comprendre pourquoi.

Roulis du train : on est déjà partis.

Mais depuis combien de temps ?

– Ça va, jeune homme ? demande à nouveau le contrôleur.

– Ça va, je dis, en me remettant sur mes jambes. Ça va.

Regard en coin des deux.

La femme demande : « Vous avez votre billet ? »

Instant d'hésitation. Sueur froide.

Alors, je fais semblant de chercher dans mes poches. Ça dure un moment. Puis la femme m'interrompt avec un claquement de langue, une main posée sur mon bras.

— Pas la peine, il n'y est pas. On a déjà vérifié, dit la femme.

— T'as pas de billet, c'est ça?

— Il... Il a dû tomber quand j'ai couru, je bafouille.

Nouveaux regards.

— Dis-moi, tu es majeur? Tu voyages avec quelqu'un dans le train?

— C'est quoi ton nom? demande l'autre.

Je ne comprends plus rien. Les questions s'enchaînent trop vite pour ma tête meurtrie.

Un cahot du train me projette contre la vitre.

Je pense un instant que je pourrais comme ça sauter du train en marche. Ou leur rentrer dedans à coups de poing. Ou leur expliquer que j'essaie de retrouver ma grand-mère timbrée échappée de l'hôpital en pleine nuit.

Que des solutions à la con.

Je pense que je suis vraiment dans la merde, enfermé dans ce train qui file à travers la nuit.

Comme je ne réponds rien, l'homme pousse un profond soupir, attrape son téléphone:

– Ouais, on a un petit souci par ici, dans la voiture 13.

Derrière moi, j'entends alors le sas du compartiment qui s'ouvre.

Derrière moi, j'entends une voix qui dit : « Oh ! mon petit Coco, je suis si heureuse que tu sois venu. »

Et derrière moi, c'est Pépita.

11

— Oh! mon petit Coco, je suis heureuse que tu sois là, elle répète, assise en face de moi dans le compartiment.

Son sac sur ses genoux serrés, habillée avec une grande robe bleue, comme pour aller à un mariage, Pépita est tout sourires.

Ses yeux aussi noirs qu'autrefois pétillent de joie.

Elle ressemble à une vieille dame qui partirait en vacances avec son petit-fils assis en face d'elle. Tout simplement.

Je pense : le seul souci, c'est qu'on ne part pas en vacances, qu'on n'a pas de bagages, pas de billets, et que Pépita débloque complètement.

Et que hier encore tout le monde disait qu'elle allait mourir aujourd'hui.

Alors je me penche vers elle. Je cherche mes mots pour ne pas la blesser.

Je bafouille :
— Mais… qu'est-ce que tu fais ici, Pépita ?

Elle me répond avec un rire de gamine :
– Hi, hi, hi ! Qu'est-ce qu'*on* fait ici, Coco. Voilà la question. Eh bien je vais te le dire…

Elle farfouille un moment dans son sac et en tire quelque chose emballé dans du Sopalin.

– Regarde, Coco, j'ai pensé à toi !

Et le Sopalin s'ouvre en même temps que s'élargit son sourire.

– On va manger des rousquilles, Coco. Des rousquilles. Tes gâteaux préférés !

C'est sûr, Pépita débloque complètement.

12

On a mangé les rousquilles. Des gâteaux catalans que j'adorais quand j'étais môme.

La robe pleine de miettes et de sucre glace, Pépita dort. J'ai eu beau essayer de lui expliquer qu'on n'était pas au bon endroit, qu'il fallait qu'on retourne direct à l'hôpital, elle n'a rien voulu savoir. Elle a juste dit avec un demi-sourire : « Coco, laisse-moi dormir maintenant. Je ne suis pas malade. Je suis juste une vieille dame fatiguée et j'ai besoin de repos. »

Derrière la vitre défilent de vagues silhouettes, des champs et des villages endormis, avalés par la nuit.

Et moi je me demande vraiment ce que je fous là, dans ce train qui s'en va pour l'Espagne. Seul, avec ma grand-mère et son cerveau qui est comme une maison sans portes ni fenêtres.

Blottie au creux de son fauteuil, si minuscule dans sa belle robe bleue, Pépita ressemblerait presque à une petite fille trop sage endormie après son goûter.

Pépita, ça faisait des années que je l'avais pas vue. Depuis que j'étais plus môme, j'avais toujours refusé de repartir en Espagne avec les parents pour les vacances. Je préférais rester glander à la maison ou à la salle de jeux. Qu'est-ce que je serais allé faire dans ce trou perdu, avec des citronniers à perte de vue, des vieux sur des bancs et rien pour s'éclater? Plus tard, quand papa avait ramené Pépita d'Espagne pour la mettre à l'hôpital, je les avais prévenus: «Pas question que je foute les pieds dans ce cimetière pour vieux!» Papa en avait été malade mais j'en avais rien à foutre. Il avait déjà plus besoin de ça pour être malade. Bref, la seule fois où j'avais dit: «OK, c'est bon, je viendrai la voir», c'était il y a quelques jours, quand les médecins avaient dit: «C'est pour bientôt.» Et que maman avait insisté. Mais là non plus, j'avais pas pu rentrer dans la chambre. Peut-être parce que je préférais me souvenir de Pépita plutôt que de voir la réalité.

Et aujourd'hui la réalité s'était démerdée pour me rattraper.

Plus tard, j'essaie de capter le réseau mais mon portable ne veut rien savoir.

Je pense à Chacal et à Cobra qui vont me faire la peau parce que je ne suis pas venu et que je ne viendrai pas. Je pense à maman qui, heureusement, est encore au boulot mais qui péterait les plombs si elle savait que j'étais là avec Pépita. Je pense qu'il va falloir faire demi-tour. Demi-tour très vite. Le problème c'est que je ne sais pas comment faire faire demi-tour à un train. Et que je ne sais pas quand sera la prochaine gare…

13

Je suis réveillé par le chuintement de la porte du wagon. Quelle heure est-il? Entre mes yeux mi-clos, j'aperçois les deux contrôleurs qui réveillent les passagers du compartiment : « Contrôle des billets, s'il vous plaît. »

Merde, je pense, faut pas qu'ils nous trouvent. Tout à l'heure, Pépita les a baratinés en disant que j'étais avec elle. Complètement bluffés. Mais là, on n'a pas de billets et on ne pourra pas s'en tirer comme ça. Surtout que j'ai pas envie que tous les passagers du wagon apprennent que la vieille dame assise à côté d'eux s'est barrée de son hôpital, complètement à la masse, et qu'elle fraude. L'idée : faire ça en douceur, descendre à la prochaine gare, trouver un train pour le retour, la ramener à l'hôpital et rentrer à la maison avant que maman arrive. C'est jouable si on évite les contrôleurs.

Alors je secoue Pépita qui dort toujours comme une bienheureuse.

Ses yeux s'ouvrent, pleins de surprise : « Oh! mon petit Coco, qu'est-ce que tu fais là ? C'est gentil d'être passé me voir mais l'infirmière m'a dit que les visites étaient interdites la nuit. Tu vas te faire gronder. »

Je reste un moment la bouche ouverte, incapable de comprendre ce qu'elle raconte. Et puis ça percute dans mon crâne, la maladie et tout ça. Alors j'improvise un gros bobard. De toute façon elle y verra que du feu :

– T'en fais pas, Pépita. J'ai l'autorisation. Allez viens, on va marcher un peu dans le couloir.

– Oh oui ! on pourrait même aller dans le jardin, elle dit en se levant, complètement dans les vapes.

– Oui, c'est une bonne idée, je dis, et je l'entraîne de l'autre côté du compartiment, loin des deux contrôleurs qui se rapprochent.

Le corps de Pépita vacille au gré des cahots du train. Je l'appuie contre mon épaule pour l'aider à marcher.

On remonte comme ça quatre wagons. Pépita chantonne une vieille berceuse espagnole : *Dors, petite fille / Dors tranquille / Ou le croque-mitaine viendra / Et te dévorera.*

– Tu t'en souviens, Coco, de cette chanson ? Je te la chantais des fois sous le figuier. On s'amusait à se faire peur. Tu t'en souviens ?

Je hoche la tête :
— Oui, Pépita, avance.
On croise des gens qui ne dorment pas, les yeux collés aux fenêtres.

À chaque fois, Pépita leur offre un large sourire : « Regardez, c'est mon petit-fils, il est venu me rendre visite, c'est gentil non ? »

Et les gens lui rendent son sourire, certains du bonheur de la vieille dame. Moi, à chaque fois, je baisse la tête et pousse Pépita en avant. J'essaie de trouver une solution : impossible de se planquer dans un compartiment couchette. Pareil pour les chiottes. Les contrôleurs ont les clés de toutes les portes et je vois mal Pépita ramper pour se glisser sous une banquette. Cette fois-ci, ça ne va pas être évident de gruger ! Ma seule idée : gagner du temps en espérant que j'aurai un déclic. Wagon après wagon, j'entraîne Pépita jusqu'à arriver à la tête du train. Devant, c'est la loco. Pas moyen d'aller plus loin. Voie sans issue. Et là, c'est bien ma veine, Pépita commence à perdre les pédales. Alzheimer, la folie et tout ça, je réalise que c'était pas que des conneries : Pépita est vraiment au bout du rouleau. Elle s'est assise sur le plancher de métal, comme une petite fille boudeuse, et elle se lamente :
— Tu sais, Coco, ce que je n'aime pas dans

cet hôpital, c'est que ça bouge tout le temps. Tu le sais ça, Coco? Tu le sais que je n'aime pas l'hôpital, hein Coco? Alors pourquoi tu me laisses là? Pourquoi? Je ne suis pas malade. C'est juste mes souvenirs qui s'enfuient. Mais ce n'est pas ma faute. Je fais ce que je peux pour les retenir. J'ai rien fait de mal, moi.

Et ce sont des larmes qui se mettent à couler sur les joues de Pépita. Même pas des larmes de vieille dame un peu folle. Non. Des larmes de petite fille. Tout simplement. Moi, ça me donne envie d'exploser. Et j'explose. Merde! J'arriverai pas à la ramener tout seul!

Et dégoûté d'être aussi inutile, je prends Pépita entre mes bras et je caresse ses cheveux noirs: « T'en fais pas, Pépita, t'en fais pas. »

C'est tout ce que je peux faire.

C'est à ce moment-là que j'entends la voix des contrôleurs derrière moi: « Qu'est-ce qui ne va pas, par ici? »

14

Le wagon est vide. Six couchettes. Rien que pour nous deux. Le luxe. Et pourtant j'ai bien cru qu'on n'y arriverait pas.

Tout à l'heure, devant les contrôleurs, Pépita a relevé doucement la tête, les yeux encore tout mouillés de larmes. Elle a bafouillé : « J... J'ai oublié les billets à la maison. » Et quand elle a dit ça, son visage s'est illuminé d'un tout petit sourire penaud. Un tout petit sourire qui a fait fondre le cœur de tout le monde, le mien et celui des deux contrôleurs.
– Ne vous inquiétez pas, madame, tout va s'arranger, a dit le mec, ému.
Et Pépita, comme par magie, a tiré du fond de son sac une liasse de billets pour payer le voyage. Cash. D'où elle tient tous ces billets... mystère. Mais ce qui est sûr, c'est qu'elle avait prévu son coup.

Le luxe, donc. Mais il y a un problème. Un gros problème. Inscrit en caractères gras sur les deux billets : Madrid.

Ce train-là va jusqu'à Madrid. Et il ne s'arrêtera nulle part. Dans aucune gare. Tant qu'il ne sera pas arrivé à Madrid. C'est-à-dire demain matin. Pas avant. Un train direct pour l'Espagne. C'est bien le truc auquel j'avais pas pensé. Et moi, va savoir pourquoi, j'ai pas voulu balancer Pépita au contrôleur. Pas de demi-tour possible avant demain. Alors du coup, alors tant pis, on ira jusqu'à Madrid.

15

Couchette. Roulis du train. Les veilleuses comme seules lumières dans la nuit profonde. Et ces draps trop propres, anonymes et aseptisés. Moi je repense aux draps parfumés au citron. Comme c'était bon et comme j'étais bien. Je repense à ces vacances en Espagne. À la maison, là-bas, tout au sud. Comme c'était pour moi l'extrême limite du monde.

Quand mon monde avait encore ma famille pour unique frontière. « Jerez de la Frontera », c'était le nom de la ville. La Frontera : pour moi, il n'y avait rien au-delà. Rien au-delà de cette maison, de ces draps à l'odeur de citron, des pierres chauffées à blanc, de l'ombre du figuier et de l'eau glacée tirée du puits. Rien au-delà de l'amour qui m'entourait.

Au début de l'été, papa, maman et moi on traversait toutes les autoroutes, on franchissait les Pyrénées, plus loin Madrid, jusqu'à retrouver le fleuve, le Guadalquivir, qui nous accompagnait tout au long de notre voyage.

Le Guadalquivir, avec ses eaux vertes et fraîches dans tout l'or et le brûlant des paysages. Comme un chemin secret. Jusque là-bas. Jusqu'à la frontière.

Bien sûr, tout ça, c'était avant que tout se déglingue. Pépita que papa avait fait ramener en France « pour qu'on soit près d'elle quand ça arrivera ». Et papa avec son « changement d'équipe » et l'argent qui manque et les bouteilles qui n'en finissent pas de dégringoler la nuit dans le vide-ordures comme sa voiture dans le canal. Et puis maman, seule, qui fait ce qu'elle peut et ses pilules qui font le reste.

Et puis moi. Moi qui ne sais pas. Moi qui ne sais plus. Depuis que la voiture de papa a basculé dans ce canal. Comme si ce jour-là, en même temps que la bagnole avait crevé la surface de l'eau, elle m'avait aussi foré un trou énorme, là, en pleine poitrine. Un grand vide brûlant qui depuis me bouffe le corps et l'esprit. Et qui gagne du terrain jour après jour. Un feu qui couve sous la cendre. Comme une maladie.

Depuis ce jour-là, j'étais un malade en sursis. Sans repères. Sans avenir. Comme si j'étais resté planté là, dans la vase, au fond du canal, en même temps que la bagnole de mon père, prisonnier du liquide noir. Il n'y avait qu'une solution pour en sortir.

Une solution radicale. Extrême. Et cette solution, c'était de souffler sur les braises. Raviver le feu. Le feu pour dissiper l'eau. Pour tout assécher. Jusqu'à la moindre goutte. Même si je devais brûler en même temps. C'est comme ça que j'avais décidé de rejoindre la Meute. Pour tout faire cramer. Jusqu'au bout. Jusqu'à ce qu'il ne reste plus rien de moi et de ce putain de monde qui m'entoure. Avec toutes ses limites et toutes ses frontières.

Plus tard, j'écoute le rythme régulier du ronflement de Pépita dans la couchette en dessous. Et j'arrive presque à sentir l'odeur de son eau de Cologne. Je pense : c'est son dernier voyage. Le train traverse la nuit. Et je m'endors.

16

Ça baragouine dans tous les sens et je ne capte rien. Madrid. La gare d'Atocha. La foule. Dix heures. J'angoisse en pensant que des bombes ont explosé là il n'y a pas si longtemps. 200 morts. 1400 blessés. Al Qaida.

Pépita, elle, est une étoile tombée sur le quai. Hier soir, j'ai cru qu'elle allait mourir entre mes doigts et là, elle rayonne. Comme si elle retrouvait de vieux amis perdus de vue, elle salue en espagnol chaque personne qu'elle croise.

Elle me regarde avec un grand sourire : « Ne fais pas cette tête, mon petit Coco ! On est chez nous ici ! Tu dois avoir faim, non ? Moi, en tout cas, *tengo hambre* ! »

Et elle m'entraîne vers le buffet de la gare. Le bar est bondé et tout le monde crie. À peine réveillé, j'ai la tête qui tourne, saoulé par toutes les paroles qui se déversent autour de nous.

On s'assied à une des seules tables libres. Pépita se fraye un passage et va commander au comptoir. Elle revient avec le serveur qui nous apporte une montagne de donuts et deux tasses de chocolat chaud, fumant et épais comme du goudron. Pépita se jette d'aussi bon cœur que moi sur les pâtisseries dégoulinantes de sucre.

– Tu sais quoi, Coco, elle me dit la bouche pleine, c'est la deuxième fois que je vois Madrid. Tu te rends compte ? Seulement la deuxième fois en tant d'années. C'est amusant non, pour une Espagnole, de ne pas connaître Madrid ? C'est comme si un Français n'était jamais allé à Paris. On devait y venir avec Alejandro, ton grand-père, pour notre voyage de noces. Tout était prêt. Je ne me rappelle plus le nom de l'hôtel mais Alejandro disait que c'était quelque chose de somptueux. Il paraît même que tu pouvais commander ton petit déjeuner par téléphone et qu'on te l'apportait dans ton lit ! Nous, on imaginait déjà tout ce qu'on commanderait pour pouvoir passer la journée au lit sans se lever ! Des fraises, des petits pains, du café, du beurre frais, des croissants français... Tellement de choses qu'il aurait fallu dix femmes de chambre pour porter les plateaux ! Et on rigolait en se disant que la seule chose qu'on verrait de Madrid, ça serait cette chambre d'hôtel ! C'est vrai, Alejandro avait bien fait les choses pour que ce soit le plus beau voyage de noces…

Pépita fait une pause, soudain plus sombre.
– Mais après il y a eu la guerre. Un petit matin, Alejandro est parti. Et il n'est jamais revenu. Tout ce qu'il m'a laissé, c'est un beau souvenir de lui. Un bébé. Ton père. Et je n'ai jamais vu Madrid…

Pépita essuie alors une larme avec une serviette en papier. Moi, je ne dis rien et je plonge la tête dans mon bol de chocolat chaud. C'est une drôle de sensation : s'imaginer que sa grand-mère a eu un jour vingt ans, qu'elle a été amoureuse folle, qu'elle rêvait de se cacher sous les draps avec un homme.

Je savais aussi que mon grand-père était mort très jeune et que Pépita avait élevé seule mon père. Mais jamais mes parents ne m'avaient parlé de la guerre. Et d'ailleurs ça m'avait jamais intéressé de savoir comment il était mort. Pour moi, Alejandro, mon grand-père, était juste un personnage anonyme sur une photo jaunie alignée au milieu d'autres sur une des étagères de la maison de Jerez de la Frontera. Un mort parmi tant d'autres. Quelqu'un de vaguement familier parce qu'on vous l'a présenté ainsi : « C'est ton grand-père. » Mais quelqu'un qui restera définitivement un inconnu parce que lui ne vous connaîtra jamais.

Pépita continue :

— Enfin, tout ça c'est du passé, non ? C'est bête, mais la première fois que j'ai vu Madrid en vrai et pas en rêve, c'est quand ton père m'a emmenée en France et je n'avais plus dix-sept ans. Enfin, quand je dis « voir Madrid », c'est un bien grand mot. Parce qu'on s'est juste arrêtés sur l'autoroute pour manger un sandwich. Alors tu vois, on n'a pas eu le temps de visiter. C'est pour ça que je suis contente qu'on soit là tous les deux. Et surtout que tu sois avec moi, aujourd'hui. Vraiment. Merci beaucoup, Coco.

Moi, je fais un demi-sourire en mordant dans un donut. Je me dis : tant pis pour Chacal et Cobra. On verra ça au retour, dans quelques heures. Ça valait bien le coup de venir jusqu'à Madrid manger des donuts. Ça sera mon cadeau à Pépita. Mon dernier cadeau avant que...

Et la bouchée reste à moitié coincée dans ma gorge. Je m'étouffe et je crache, et je ne sais pas si c'est parce que je m'étouffe mais subitement les larmes me montent aux yeux.

— Excuse-moi, je dis, et je me lève en courant, direction les toilettes du bar.

17

Dans le miroir, mon visage ruisselle d'eau. Petit à petit, je reprends mon souffle. J'imaginais pas que ça puisse faire aussi mal. Faire aussi mal que Pépita disparaisse. Après «l'accident» de mon père, je pensais être blindé. Et pourtant...

Et puis tout d'un coup, mon téléphone sonne.

Sur l'écran s'affiche : Maman.

Merde ! J'avais oublié qu'elle finissait le boulot à neuf heures ! Impossible de lui raconter que je suis à Madrid avec Pépita qui s'est échappée de l'hôpital. Il va falloir que je la joue serrée ou je vais me faire incendier !

Je décroche. Elle crie :

– Frédéric, où est-ce que tu es ? Qu'est-ce qui se passe, merde ! Qu'est-ce que tu as fait ?!

J'essaie de la rassurer :

— T'inquiète pas. Je suis chez un pote, je rentre bientôt. Tout va bien.

— Non, tout ne va pas bien, Frédéric, elle hurle. Les flics m'attendaient devant la porte quand je suis rentrée du boulot. Ils te cherchent. Quelqu'un a été tué !

Je comprends rien, je m'énerve :

— Mais… qu'est-ce que tu racontes ?! Qui est mort ? C'est quoi ces conneries ?!

— Tes amis ! Ta bande. Et d'autres. Ils avaient des armes. Il y a eu des coups de feu et un jeune est mort !

Le monde se met alors à tourner autour de moi. Mon visage se décompose dans le miroir. Mes jambes se dérobent. Je me rattrape de justesse au lavabo.

— On t'a vu à la gare, Frédéric. Je sais que tu as emmené Pépita avec toi. L'infirmière a trouvé le mot sur son lit : elle a dit que vous alliez partir tous les deux. La police sait que vous êtes montés dans ce train pour Madrid.

— …

— Qu'est-ce que tu as fait ?

Je bafouille, incapable de faire remonter le moindre mot jusqu'à ma gorge.

— Frédéric, tes amis… ils ont dit que c'était toi qui avais tiré.

La nausée monte en moi.

Un abîme s'ouvre sous mes pieds.

Je hurle :
— Mais j'étais pas là, bordel! J'ai rien fait!
— Frédéric, tu m'entends? Écoute-moi : tu dois rentrer. Pépita ne peut pas supporter ça. Elle n'a pas ses médicaments. Sans ça, elle est perdue. Et toi... tu dois venir t'expliquer. Frédéric, je t'en prie, reviens!
— ...
— Frédéric. Ne t'en fais pas. Ils vont s'occuper de tout. Ils vont vous ramener. Alors promets-moi : ne fais pas de bêtises et...
Je la coupe :
— Qui va nous ramener?!
— La police, Frédéric. Ils vous attendent à la gare.

18

Buffet de la gare. J'éteins mon portable et je sors comme un dément des toilettes. Je cours jusqu'à la table. Et la table est vide !

Mon estomac se liquéfie : Pépita n'est plus là ! J'attrape le serveur par le col. Je hurle : « Elle est où Pépita ?! Elle est où ? »

Il se débat, crie en espagnol quelque chose que je ne comprends pas. Son plateau chute sur le sol. Fracas du métal. Bris de verre. Comme une sirène. Comme trente mille regards braqués sur moi. Je sors du buffet en courant.

Impression de déjà-vu. Comme si la première fois n'avait été qu'une répétition d'aujourd'hui. La gare est une ville, un monde, un univers. Je suis un atome. Je rebondis sur les passants qui m'insultent en espagnol. Ça me saute au visage : la gare est truffée de caméras de surveillance. Impossible de les éviter. J'imagine déjà les gars en train de me pister dans la salle de contrôle. Et là, je vois trois flics qui scrutent la foule, pistolet mitrailleur à la ceinture.

Je tourne les talons. Mes dents crissent dans ma bouche pour retenir ma rage : « Pépita, où es-tu, Pépita ?! »

Je prends un Escalator.

« Pardon », je jette, en poussant les gens.

« ¡ *Cabrón !* » j'entends.

Et aussi une voix forte, tout en haut des marches :

« ¡ *Está aquí !* »

Je fais demi-tour. Je hurle : « Poussez-vous ! Poussez-vous ! » en descendant les marches qui montent, comme pour mieux m'emmener au flic qui m'attend là-haut. Les gens se mettent à gueuler. Un type m'empoigne. Je me dégage en l'envoyant bouler. Il s'étale en travers des marches et descend comme ça la moitié de l'escalator, entraînant les autres dans sa chute. Haut et bas. Sans issue. Alors comme dans un film, je prends mon élan, et je saute. Je saute par-dessus la rampe. Atterrissage. Trois mètres plus bas. Ma cheville claque. Ma tête se met à tourner. Je crois que je crie. Ou alors ce sont les gens autour : « ¡ *Está aquí ! Está aquí !* »

Ou alors cette voix, qui se perche, au-delà de toutes les autres et de ma douleur : « Coco !!! »

Je tourne la tête. Là-bas, sur le quai, c'est Pépita qui agite les bras, deux billets à la main.

– Coco, par ici!

Cette fois-ci, c'est elle qui vient à mon secours. Le chef de gare fait retentir son sifflet. Je cours, comme je peux. On me poursuit. Je saute dans le train. Les portes claquent. Un flic tambourine dessus. Trop tard pour lui. On part.

19

Le train file vers le sud. Vers Cordoue, Séville. Et plus loin, comme il est marqué sur les billets que Pépita a achetés, vers Jerez de la Frontera.

Mais je sais qu'on n'arrivera jamais là-bas. Parce qu'il y a plein de changements de train. Et que la police nous attendra à la prochaine gare. Pendant que je masse ma cheville enflée, Pépita, elle, se perd dans le paysage désertique au-delà de la fenêtre. Est-ce que la maladie a déjà complètement bouffé son cerveau et qu'est-ce qu'elle comprend à tout ça, j'en sais rien. Mais en tout cas, elle semble aussi légère et paisible que les nuages ronds qui moutonnent sur les champs que le train traverse.

Ce qui est sûr, c'est qu'elle avait prévu son coup avec le billet qu'elle a laissé sur son lit avant de quitter la chambre d'hôpital. Elle savait que je la suivrais dans le train. Elle voulait m'emmener avec elle. Mais pourquoi ?

Moi, j'entends encore la voix de maman qui crépite dans mes oreilles : « Quelqu'un a été tué… »

Et je pense à la Meute, à Cobra, à Chacal et à moi qui n'ai pas voulu tout ça. Et puis ça monte comme un poison : « Frédéric, tes amis… ils ont dit que c'était toi qui avais tiré. »

J'imagine la scène : Chacal et Cobra devant une rangée de flics dans la pénombre. Un mauvais film policier de série B. La lumière dans la gueule. Et des clopes qui se consument pour personne dans les cendriers.

– Alors, les morveux, qui c'est qu'a tiré ?

La voix qui demande, on ne sait pas à quel visage elle appartient mais, c'est sûr, le type leur fera cracher le morceau. Les questions s'enchaînent comme des vagues dans une mer démontée : « C'est quoi la Meute ? Qui en fait partie ? Où est-ce que vous vous retrouvez ? C'est quoi les noms ? Les numéros de téléphone ? Les sites Internet ? » Et ça pourrait durer comme ça toute la nuit. Eux, Chacal et Cobra, ils ne disent rien. Il y a juste de la sueur qui coule sur leur front, leur gorge sèche, et leur estomac qui tiraille.

Alors au bout d'un moment, une autre voix, compatissante, dit :

– Allez, les gars, crachez le morceau et on effacera une partie de l'ardoise.

Mais eux, ils continuent à la fermer. Alors les flics, ça les énerve et ils commencent à taper où ça fait mal.

À Chacal :

— Tiens, on vient d'appeler ton père. C'est marrant, je savais pas qu'il était de la maison. Enfin, qu'il avait été de la maison. Un vrai dur, ton père, non ? Quand on lui a expliqué que t'avais peut-être tiré sur un mec, il n'a pas apprécié. Remarque, mon gamin aurait fait une connerie comme ça, sûr que j'aurais qu'une envie : lui mettre une bonne branlée, pas vrai ? Et si tu veux mon avis, je crois bien que c'est ce que ton père fera dès qu'il te coincera entre quatre yeux... Mais, tu vois, même si je suis flic, je ne lui donnerais pas forcément tort.

Et maintenant à Cobra :

— Et toi, je crois bien que tu viens de cramer tes dernières cartouches. T'es majeur depuis deux mois. T'as déjà un casier bien rempli. Tu veux que je te rafraîchisse la mémoire ? Alors, qu'est-ce qu'on a : coups et blessures, vol à l'arraché, vol avec effraction, violence avec arme... Enfin, j'arrête là, hein, on va pas y passer la nuit, pas vrai ? Tout ça pour dire que ton CAP mécanique, je crois bien que tu le passeras en taule. Il paraît que les cours par correspondance, c'est pas mal du tout. Qu'est-ce que t'en penses, petit con ?

Alors j'imagine très bien la suite : Croco et Chacal, installés devant une pizza et une bière, en train de déballer le tout au flic.

– C'est pas nous l'idée, m'sieur. C'est Frédéric qui disait qu'il en avait de plus grosses que nous. Il voulait se venger. À cause de la baston. Et à cause de son père aussi. C'est Frédéric qui a sorti le flingue quand les mecs sont arrivés en face. C'est Frédéric qui a tiré. Il avait tout prévu.

Oui, c'est comme ça que ça s'est passé.

20

– Coco! Réveille-toi, Coco!

C'est ma grand-mère qui me secoue, les yeux affolés : «Viens avec moi», elle dit.

Je me lève de mon fauteuil, à moitié dans les vapes. Juste le temps de voir qu'un contrôleur vient de pointer son nez dans le compartiment, un portable à l'oreille et le regard braqué dans notre direction. Je ne peux pas m'empêcher de penser : cette fois-ci, c'est la bonne.

Pépita et moi, on sort du compartiment et je m'apprête à ouvrir la porte de l'autre wagon quand j'aperçois à travers la vitre un autre type qui se dirige vers nous. Pris en étau. Un contrôleur de chaque côté. On ne pourra pas s'échapper.

– Merde, je crois que c'est la fin, je dis à Pépita.

Elle hausse les épaules :

– Tant qu'il y a de la vie, il y a de l'espoir.

Et avec un grand sourire, elle me demande :

– Tu es prêt, Coco?
– Prêt à quoi?

Alors, avec un petit rire, Pépita saisit une poignée rouge près de la porte des toilettes: l'arrêt d'urgence. Pépita tire sur la poignée. Fracas. Crissements de freins qui nous vrillent les tympans. J'ai tout juste le temps de rattraper ma grand-mère avant qu'elle n'aille s'écraser contre la porte des toilettes. Décompression. Les portes du train s'ouvrent sur la fournaise de la campagne déserte. Et dans le même temps Pépita me crie: «Allez, Coco! On y va!»

Sans réfléchir, je saute sur le ballast. Ma cheville proteste.

Je me retourne pour aider Pépita quand un des contrôleurs surgit et pose une main sur son épaule:

– *Señora, por favor...*

– ¡ *Dejáme cabrón!* hurle ma grand-mère en lui retournant un coup de sac en pleine tête.

Le type, pris par surprise, s'étale à moitié sur le sol du wagon, le nez en sang. Juste le temps d'attraper Pépita sous les aisselles et de la descendre du train.

Poids plume, je l'emporte comme un oiseau et je me mets à courir dans les broussailles, loin de la voie.

Derrière nous, j'entends le contrôleur hurler tout ce qu'il sait de malédictions. Rien à foutre, je cours. Encore et encore. Sans me retourner. Ça braille encore un moment. Puis le moteur de la loco se remet enfin en route. Et on est déjà loin quand le train repart. Ils peuvent toujours revenir nous chercher : dans les broussailles, il n'y a plus que notre fou rire et le chant des oiseaux. Pour la première fois, j'ai l'impression d'être en vie. En liberté.

Mais pour combien de temps ?

21

Ici le soleil consume tout : insectes, animaux, buissons, herbes, arbres, rochers et montagnes. énorme bloc incandescent, le soleil vient écraser de sa masse le moindre mouvement, la moindre élévation, et, plus que tout, la moindre ombre. Jusqu'à la moindre couleur. Tout est or en fusion. Pépita et moi marchons depuis bientôt une heure. Marcher est un bien grand mot. Avec ma cheville enflée, je me traîne derrière ma grand-mère. J'ai jeté au loin la moitié de ma « tenue commando » pour ne garder que chaussures, pantalon et le T-shirt que j'ai noué autour de ma tête.

Pépita, elle, s'est mise en « combinaison » blanche, une sorte de robe qui épouse son corps fluet de toile légère comme en portent les vieilles dames. Sa robe bleue attachée depuis son front lui fait comme une traîne qui protège sa tête de la morsure du soleil.

Dix fois que je lui demande : « Pépita, où on va comme ça ? » Dix fois qu'elle ne me répond pas. Son regard semble perdu dans une autre époque, vers je ne sais quel souvenir perdu. Ses bras et ses jambes aussi frêles que les pattes d'une sauterelle écartent les broussailles, évitent les pierres aussi sûrement que si elle avait passé sa vie dans ce désert. Je sais pourtant qu'elle ne tiendra pas longtemps comme ça.

Pire que tout, sans ses médicaments, j'ai peur que la maladie lui fasse oublier jusqu'à son propre corps et qu'elle marche droit devant elle jusqu'au point de non-retour.

Moi, j'ai déjà la gorge en feu et je sens le soleil qui cuit chaque partie de mon corps qui a le malheur d'être dénudée. Petit à petit, je peux même sentir à l'intérieur de ma tête mon cerveau se liquéfier. Plastique en fusion, mon cerveau se ramollit. La réalité vacille. Je me réveille d'une claque.

Alors tout me revient en flash-back : l'hôpital, le train, la couchette, Madrid. Je réalise l'absurdité de cette scène : je suis en train de marcher dans un désert, un véritable no man's land quelque part entre Madrid et Séville avec ma grand-mère, une vieille dame au bout du rouleau, atteinte d'une maladie qui peut l'emporter à tout moment. Je réalise que, quelque part, des flics considèrent que je suis un meurtrier en fuite et que j'ai planifié tout ça à l'avance : le flingue, la fuite en train, l'enlèvement de Pépita. Je réalise que ma mère doit être morte d'inquiétude et se jette peut-être à l'instant même sur ses boîtes de comprimés. Et je réalise que si ce n'est pas la maladie qui emporte Pépita, ce sera sans doute la soif, la fatigue ou une insolation.

Alors je décide : c'est maintenant qu'on doit arrêter cette folie ! Et je hurle, à m'en arracher la gorge comme frottée au papier de verre : « Stop !!! »

Je cours vers Pépita qui marche toujours devant. Je l'agrippe par les épaules et je la retourne vers moi.

Sur son visage incandescent, il n'y a qu'un large sourire.

Elle ne dit rien et tend son bras en pointant quelque chose du doigt : « Regarde, Coco ! »

Et, derrière elle, je devine un large ruban vert qui s'étire à l'infini. Derrière elle s'étendent des millions d'hectolitres d'eau. Au milieu de ce désert, bravant le soleil qui tue, se déploie un immense fleuve. Derrière elle, c'est le Guadalquivir !

22

Pause. À l'abri de quelques vieux orangers abandonnés. Dans nos gorges, sur nos lèvres, nos mentons, coule le jus des fruits frais. Devant nos yeux, dans nos yeux: toute l'eau calme du Guadalquivir.

Je ne sais pas ce qui se passera après mais, pour l'instant, vidé et abruti de soleil, je profite du paysage.

– Tu sais, dit Pépita, c'est un drôle d'animal ce fleuve-là. Tu le vois maintenant, paisible et assoupi comme un vieux taureau. Mais il avait autrefois ses coups de sang. Violent et écumant, il arrivait que le fleuve dévore tout sur son passage. Cultures, animaux, hommes, femmes, enfants et maisons. Depuis, les hommes ont essayé de le domestiquer. En construisant des barrages. Mais sous l'eau qui dort, je te le dis, le vieux taureau est toujours vivant… Les hommes passeront et lui sera toujours là. Et ça a toujours été comme ça, depuis la nuit des temps. Tu ne me crois pas mais écoute ce que je te dis : il paraît qu'à l'embouchure, vers Jerez de la Frontera, il y avait autrefois un peuple qui vivait dans une cité magnifique, toute parée d'or, d'étain et de pierres précieuses. L'Atlantide. Tu vois, c'était le début du monde – je n'étais pas née, je te rassure, elle ajoute avec un petit rire – et l'Atlantide était comme un phare pour tous les hommes. Pour tous, il n'y avait pas plus beau joyau, plus belle cité. On pensait que jamais il n'y aurait quelque chose de plus resplendissant. Et pourtant... l'Atlantide a depuis longtemps disparu et tout l'or et tout l'étain et toutes les pierres précieuses. Tout a été englouti par la mer, le sable et le temps. Il ne reste rien ni des richesses, ni des hommes. Mais nous, on peut se souvenir de tout ça. On peut se souvenir que tout disparaît un jour. Que personne et que rien n'est éternel. Tout ça grâce à lui. Grâce au vieux taureau. Grâce au Guadalquivir. Lui, il sera toujours là pour porter nos souvenirs...

Pépita avait dit ça comme ça, d'un trait, sans s'arrêter. Moi, j'étais resté silencieux et interdit, avec mon quartier d'orange suspendu au coin de la bouche. Est-ce qu'elle inventait tout ça ? Est-ce que c'était encore un de ses délires ?

– Et toi, Coco ? De quoi te souviens-tu ? elle demande.

Je hausse les épaules, pas sûr de comprendre.

Alors je pose la question qui me brûle les lèvres depuis des heures :

– Pourquoi tu m'as amené ici, Pépita ? Je veux dire : tu avais déjà tout imaginé. L'argent, la lettre sur le lit de l'hôpital… Tu voulais que je vienne jusqu'à Jerez de la Frontera avec toi. Pourquoi ?

Un voile gris passe devant ses yeux. Comme un nuage vite emporté par le vent.

– Tu te souviens de ton grand-père ? Alejandro ? Non, bien sûr. Il était déjà mort depuis longtemps quand tu es né. Je vais te dire un secret : c'est en son honneur que j'ai voulu que tes parents t'appellent Frédéric. Et tu sais pourquoi ?… Non ? Eh bien ton prénom, Frédéric, tu le dois à un poète espagnol qui s'appelait *Federico García Lorca*. Le poète préféré de ton grand-père. Et aussi un de ses meilleurs amis.

Alors la voix de Pépita se met à réciter sans faillir :

« Vierge en crinoline,
Vierge de la Soledad,
épanouie comme une immense tulipe.

Dans ta barque de lumières
tu vas
sur la marée haute
de la ville,
parmi des *saetas* troubles
et des étoiles de cristal.
Vierge en crinoline,
tu vas
sur le fleuve de la rue
jusqu'à la mer ! »

Silence. Silence que je n'ose pas briser. Pépita dit, comme pour elle-même :
— C'est étrange, non ? La manière dont on se souvient de certaines choses et comment on peut en oublier d'autres...

« Tu sais, dit Pépita en jetant son regard dans le fleuve, ce poète, Federico García Lorca, a été fusillé en même temps que ton grand-père. Fusillés tous les deux par les franquistes, les fascistes espagnols. Fusillés parce qu'ils aimaient trop la poésie et la liberté. Mais c'est la même chose non, Coco, la poésie et la liberté ?

« Ça s'est passé au mois d'août. Je me souviens qu'il faisait beau ce jour-là mais je ne me souviens plus de l'année. Un petit gars pas plus âgé que toi est venu taper à la porte de ma maison. Quand j'ai ouvert, il tremblait de tous ses membres comme un lapin dans les phares d'une voiture. Il ne savait pas où mettre ses yeux à cause de mon ventre de femme enceinte, alors il les a posés sur mes chaussures. Moi, j'ai tout de suite su pourquoi il était là. Je lui ai dit : "Attends" et je lui ai donné à boire. Il a bu puis il a juste dit avec sa voix toute menue, comme une voix de fille, je me rappelle : *"Los han matado."* Ils les ont tués. "Ils" c'étaient bien sûr les franquistes. Alors j'ai simplement défait le nœud de mon tablier qui serrait trop mon ventre, mes yeux ont retenu les larmes qui menaçaient de tout inonder et j'ai demandé : *"¿ A donde?"* Où ? Où sont les corps de mon Alejandro et de Federico ? Le petit gars a levé un doigt tremblant et, sans le regarder, il a montré le fleuve au loin.

« Il a dit : *"En el Guadalquivir."*

« J'ai passé des heures à les chercher. Puis des jours. Puis des semaines. Souvent, la garnison des franquistes me regardait passer en riant mais j'en avais rien à fiche. Je voulais les retrouver, coûte que coûte. J'ai retourné toutes les berges du fleuve. Je connaissais tous les rochers, tous les brins d'herbe, jusqu'au moindre grain de sable. Le Guadalquivir était devenu comme ma deuxième maison. Les gens de Jerez de la Frontera avaient pitié de moi quand ils me voyaient partir pour le fleuve avant que le jour soit levé avec mon gros ventre. Je savais bien ce qu'ils pensaient. Que j'étais folle de passer mes journées comme ça, courant la campagne sous le soleil de plomb, pour retrouver deux fantômes. Mais personne n'est jamais venu m'en empêcher. Parce que personne n'aurait pu. Même pas le bébé que je portais. Et c'est là-bas, quelques mois après, sur les berges du Guadalquivir, que ton père est venu au monde. Alors j'ai abandonné mes recherches et je me suis occupé du bébé. Parce qu'il faut toujours penser aux vivants avant de penser aux morts. Et petit à petit, les fantômes de Federico et d'Alejandro se sont éloignés... Plus tard, quand ton père a grandi, je l'amenais souvent sur les berges du fleuve, je lui chantais les poèmes de Federico García Lorca et lui chantait avec moi... On chantait tous les deux pour tous les fantômes du fleuve. J'ai oublié beaucoup de choses mais ça, je ne l'oublierai jamais...

Pépita se tourne alors vers moi :

— Qu'est-ce que tu en penses, Frédéric ?

— C'est une histoire triste, je dis en posant ma main sur la sienne.

Et je le pense vraiment, troublé de découvrir tout ça, là, sur les rives de ce fleuve qui a vu mourir mon grand-père il y a tant d'années.

Elle secoue la tête.
— Ce n'est pas une histoire, Frédéric. C'est la réalité.

Et, montrant le fleuve du doigt, elle ajoute :
— Moi, je suis sûre qu'ils sont encore vivants. Et que ton père aussi est avec eux. Bientôt je vais les retrouver, là-bas, de l'autre côté, à l'embouchure du Guadalquivir, à Jerez de la Frontera.

« Et toi, Coco, tu vas m'aider…

23

Le jour s'est étiré tard jusqu'à la nuit.

Pépita et moi avons trouvé refuge dans un vieux moulin délabré sur les rives du fleuve.

Ma grand-mère, épuisée, s'est endormie de suite, roulée en boule sur mes vêtements que j'ai pliés en guise de matelas.

Allongé sur le dos, je contemple les étoiles qui se déversent sur moi par le toit éventré du moulin.

J'entends aussi le souffle du fleuve qui sommeille de l'autre côté, juste derrière le vieux mur de pierres sèches.

Et ce souffle, c'est comme la voix des fantômes de Pépita. Les fantômes d'Alejandro et de son ami poète, fusillés par les fascistes. Et leurs voix demandent : Est-ce que toi aussi tu aurais donné ta vie pour la liberté ? Ou est-ce toi qui aurais tenu le fusil ? De quel côté aurais-tu été ? Est-ce que tu te serais enfui ?

Et mon père dans tout ça ? Mon père dont je n'arrive plus à entendre la voix, même à travers le souffle du fleuve. Pourquoi ne m'a-t-il jamais raconté cette histoire ? L'histoire de son propre père. Peut-être s'était-il senti abandonné lui aussi, par ce père fusillé en pleine guerre ? Peut-être avait-il quitté l'Espagne pour tout oublier ? Tout laisser derrière lui. Reconstruire sa vie, loin de l'image de mon grand-père, loin de cette image de héros mort pour des valeurs, mort pour la liberté. Parce qu'une image, même glorieuse, ça ne remplacera jamais un père et l'amour qu'il aurait pu vous donner. Ou est-ce que mourir pour la liberté de son enfant est une preuve d'amour que rien ne peut remplacer ? Et puis, de toute façon, si mon père était parti en France pour reconstruire sa vie, alors pourquoi est-ce qu'il l'avait quittée au volant de cette voiture ? Pourquoi nous avoir abandonnés à son tour, ma mère et moi ? Était-ce à nouveau une question d'honneur ? Parce qu'il avait perdu son travail, tout ce qui faisait sa fierté ? Ou bien est-ce que l'image de son père était trop lourde à porter ?

Et là, sous le toit éventré du vieux moulin, toutes ces questions tournent dans ma tête sans trouver de réponses.

La seule chose que je sais, c'est que je n'ai pas tiré l'autre soir. Que je n'étais pas là. Que j'étais avec Pépita. Et que même si on m'accuse, j'arriverai à prouver que je n'ai pas appuyé sur la gâchette.

Et je frissonne en pensant que je l'aurais sûrement fait si j'avais été là. Oui, ce flingue, Cobra me l'aurait donné et je l'aurais sorti face aux mecs de la cité. J'aurais sûrement un peu tremblé en levant le canon, comme avec la bombe de peinture dans cette cave avant l'incendie, mais je l'aurais quand même levé. Et mon doigt se serait crispé sur la détente. Pour mon père. Pour envoyer au diable tout ce qui me pourrit la vie. Pour déchiqueter ces fantômes du passé qui s'accrochent à mes épaules depuis le soir où la voiture de mon père a basculé. Oui, pour être libre, enfin, j'aurais tiré. Même en sachant que les barreaux de la prison viendraient ensuite m'enlever ma liberté. J'aurais été prêt à sacrifier la liberté de mon corps pour gagner la liberté de l'esprit. Prêt à tuer pour enfin pouvoir vivre. Comme un suicide à l'envers. Une image miroir reflétée par la surface de l'eau.

Alors je réalise que mon innocence et ma liberté, je les dois à Pépita.

Que sans elle, sans ses projets fous, je serais maintenant enfermé entre quatre murs comme un cadavre dans un cercueil.

Pour la première fois, il me semble que je suis à la bonne place. Que j'ai fait le bon choix.

Et que même si plein de questions restent sans réponses, je comprends mieux le monde qui m'entoure.

Comme si j'étais une étoile parmi toutes les autres. Dans un univers sans frontières et sans barrières. Ne faisant qu'un avec les autres.

C'est décidé : coûte que coûte, puisqu'elle l'a décidé ainsi, j'emmènerai Pépita jusqu'à Jerez de la Frontera.

Jusqu'à l'endroit où le Guadalquivir rejoint la mer. Jusqu'à ce qu'elle retrouve ce qu'elle est venue chercher.

Et là-bas, peut-être que moi aussi je trouverai des réponses à mes questions…

24

Je ne sais pas encore comment je vais faire pour arriver jusqu'à Jerez de la Frontera mais une chose est certaine : il nous faut trouver à boire et à manger.

Alors, dès le matin, j'ai laissé Pépita au moulin et j'ai parcouru quelques kilomètres jusqu'à une ferme que nous avions croisée hier soir.

Planqué dans une oliveraie qui surplombe la ferme, j'ai attendu que tout le monde parte pour les champs.

Le bâtiment est grand, construit en U, mais j'ai pu repérer où était l'habitation principale. Si je m'y prends bien, je devrais pouvoir y pénétrer par l'arrière, sans attirer l'attention des trois molosses qui roupillent dans une grange en face.

Espérons juste que personne n'est resté à la ferme aujourd'hui…

Quand tout me semble calme, je descends du talus sur lequel j'étais planqué, essayant de ne pas faire rouler de pierres.

Cent mètres plus loin, je me plaque au mur de la grange des clébards et j'en fais le tour par-derrière.

Coup d'œil : rien ne bouge de ce côté-là. J'y vais.

Chaque fois que je croise une fenêtre, je m'accroupis et je rampe sur le sol poussiéreux.

Bientôt j'arrive à une porte. J'actionne la poignée. Soulagement : la porte est ouverte.

25

J'entre à pas de loup dans ce qui semble être un débarras : seaux, vêtements de travail, bottes, cagettes de bois, pelles, râteaux.

Je grelotte un instant, saisi par la fraîcheur de la maison, abritée du soleil par ses murs épais.

Une porte au fond. Je l'ouvre : un couloir plongé dans la pénombre. Je tends l'oreille : pas un bruit. Alors j'avance, tentant d'étouffer le bruit de mes pas sur le dallage du couloir, de grosses tommettes brunes.

Je passe un escalier qui monte jusque dans l'obscurité. Je devine un crucifix pendu au mur plus haut sur le palier.

J'avise une pièce sur la gauche : une grande salle à manger déserte où une immense horloge n'égrène plus les heures, comme figée dans le temps.

Plus loin, un minuscule réduit fait office de salle de bains. J'en absorbe l'humidité, rêvant d'une douche glacée. Je suis un instant tenté de jeter là mes fringues et de me plonger sous le jet mais non, je ne suis pas là pour ça.

Je continue et je découvre enfin la cuisine, rustique et assez vaste pour y faire tenir une famille entière.

Cri du ventre : des jambons et des saucissons pendent du plafond, emmaillotés dans des filets, bourdonnants de mouches attirées par la viande. Au fond de la pièce, sur un buffet, deux miches de pain entamées me tendent les bras. Et sur l'immense table de bois se dresse une pyramide de fruits frais.

Vite fait, j'enlève mon T-shirt, je bricole un sac improvisé en nouant les manches et je me jette sur les miches de pain. Je remplis mon sac en même temps que ma bouche de tout ce qui passe. Ce midi, ce sera repas de fête pour Pépita et moi !

Les bras chargés de bouffe, il me reste une dernière chose à faire : prendre de l'eau. Près de l'évier, j'aperçois alors des bouteilles en verre qui ont dû contenir du vin. Je tourne le robinet pour en remplir une. Et la tuyauterie se met à faire un boucan de tous les diables ! Ça tremble et ça claque dans toute la baraque, sûr que les conduits datent du siècle dernier. Je referme rapidement le robinet, affolé. Je tends l'oreille, essuie une goutte de sueur qui perle sur mon front. Tout semble calme, alors je m'apprête à remplir ma bouteille quand j'entends derrière moi une voix. Une voix qui demande : «¿ *Puedo ayudarte, chico ?* »

Lentement, presque au ralenti, je me retourne, la bouteille d'eau à la main, et je devine près de la porte une silhouette fantomatique. La silhouette s'avance. C'est un gros type un peu chauve en bleu de travail. Dans ses yeux : une lueur mauvaise. Dans ses mains : un fusil de chasse. Et le fusil est pointé vers moi. Moi je bafouille, en sueur. Je tente quelques mots en espagnol puis en français. Je montre la bouteille. Mais le gros type secoue la tête, l'air de dire : non, non, non, on me la fait pas à moi. Et du menton il désigne mon T-shirt posé sur la table. Mon T-shirt qui déborde de fruits, de pain et de saucissons. Le gars fait un pas dans la pièce, le fusil toujours pointé vers moi, et attrape un téléphone : «*Te lo digo chico, no te mueves.*»

Il décroche, compose un numéro. Et moi je suis tétanisé, incapable de quoi que ce soit, comme un con avec ma bouteille vide à la main.

Le type demande : «¿ *Policía ?* »

Et à ce moment-là j'entends un cri, juste derrière lui.

Les yeux du gars s'arrondissent de surprise.

Puis un choc sourd et violent : un manche d'outil vient percuter son crâne. Le mec s'effondre en beuglant et un coup part, déchirant le silence et les portes de bois du buffet. Derrière le gars assommé, il y a une fille de mon âge, teint mat et cheveux frisés, habillée d'une vieille robe rose et crasseuse. Une fille qui tient une pelle entre ses mains :

« ¡ *Vámonos !* Vite, il faut partir ! »

Au-dehors, déjà les chiens se mettent à gueuler, réveillés par le coup de fusil. Sans réfléchir, j'attrape la bouffe et je suis la fille dans le couloir. Elle balance la pelle et ramasse au passage un sac plastique. Et à ce que j'en vois, chandeliers, billets et bijoux, c'était pas le pain ou le jambon qui l'intéressaient.

On se précipite par la porte de derrière mais les chiens ont compris ce qui se passait : deux secondes plus tard, ils passent l'angle du bâtiment, découvrant leurs crocs, beaucoup plus énergiques que tout à l'heure.

– Vite, cours !

On trace. Comme des fous. Ma cheville se crispe. Une fois passé la cour, on franchit une haie et on déboule sur une vieille piste non goudronnée. Les chiens hurlent. Dix mètres plus loin, il y a un vieux pick-up blanc à l'arrêt, avec le moteur qui tourne. Je me casse à moitié la gueule, la cheville au bord de l'explosion. Les aboiements se rapprochent. Et maintenant aussi les cris du mec qui nous poursuit. Devant moi, la fille se retourne, m'attrape par la main et me tire après elle : «Allez!»

Dans un dernier élan, on atteint le pick-up et on se jette dans l'habitacle. Au volant, un vieil Arabe tout maigre et moustachu se met à crier après la fille. Puis les chiens surgissent dans son rétro, écumants de bave. Déclic. Il enfonce la pédale de l'accélérateur. Il était temps.

26

Traînée de poussière.

Le vieux pick-up blanc zigzague et rebondit sur la piste, tentant d'éviter les nids-de-poule et les ornières, sans grand succès. Derrière nous, les chiens ont arrêté la course, la langue pendante. On roule maintenant entre des oliviers, à perte de vue. Mais vers où ? Je pense à Pépita, que j'ai laissée toute seule là-bas au moulin.

À côté de moi, le vieil Arabe et la fille s'engueulent. Je ne comprends pas un seul mot mais, j'en suis sûr, c'est à cause de moi et du sac de bijoux qu'ils se disputent. Je suis un témoin gênant et l'homme lui reproche de m'avoir embarqué. Électricité dans l'air. Le ton monte. Torse nu, le T-shirt plein de bouffe sur les genoux, je me recroqueville dans mon siège. Soudain, l'homme lâche le volant et brandit sa main au-dessus du visage de la fille, prêt à lui décocher une gifle. Elle ne bouge pas et soutient son regard. Le pick-up fait alors une embardée dans une ornière. Le véhicule quitte la piste. Je m'écrase contre la portière. Les bijoux et ma bouffe volent dans l'habitacle. Juron. L'homme rattrape le volant de justesse, ramène la bagnole au milieu de la route. Moins une et on finissait contre un olivier. C'est la fin de la discussion. Cent mètres plus loin, le pick-up s'immobilise. Une roue vient de crever.

27

Les présentations ont été faites en sortant de la bagnole. Ils parlent français tous les deux. Lui, c'est Béchir. Moustache et cheveux frisés. Bref, un arabe comme on en voit dans tous les quartiers. Banal. Elle, Kenza, sa fille, a à peu près mon âge, le teint mat, les cheveux frisés, le visage fier et le regard sombre d'une bête sauvage. Kenza a demandé :
— Et toi le Français, comment tu t'appelles ?
— Frédéric, j'ai dit.
— Bien, alors Frédéric, dépêche-toi. Si tu ne veux pas que les chiens nous rattrapent, maintenant va aider mon père.

Alors j'aide Béchir à changer la roue. Enfin, j'essaie. Mes doigts ripent sur les gros boulons pleins de graisse. Le soleil tape fort au-dessus de nous et la poussière nous colle au visage. Béchir, les mains maculées de cambouis, n'arrête pas de jeter des coups d'œil anxieux en arrière, en direction de la ferme. Je tente de suivre ses instructions mais j'ai jamais été doué pour la mécanique. Béchir s'énerve de ma maladresse. Il commence à me taper sur le système quand soudain sa main glisse et vient s'ouvrir sur la jante du pneu que je tiens.

– *Naddin Oumok!* il crie en se tenant la main. Va-t'en de là, incapable! Je me débrouillerai tout seul.

– C'est ça, t'as qu'à te démerder, je crache en me relevant, vexé.

Je fais le tour du pick-up. Kenza est penchée à l'intérieur. Pliée en deux devant moi, elle est en train de ramasser les bijoux éparpillés et d'organiser le fatras derrière la banquette. Sans le faire exprès ou sans pouvoir m'en empêcher, je surprends les coutures de sa culotte qui se dessinent sous sa robe rose. Malgré moi, mes joues s'enflamment.

Elle se retourne alors, un collier de perles entre les mains, et surprend mon regard:

– Qu'est-ce que tu regardes comme ça?

– Rien, je dis, le rouge aux joues.

– T'as intérêt.

Je bafouille:

– En tout cas... je voulais te dire merci. Pour m'avoir aidé là-bas, à la ferme. Sans toi...

Elle me coupe:

– Te fatigue pas. Je t'ai pas aidé pour tes

beaux yeux. Je voulais pas que le gros appelle la police. C'est tout. Tu ne me dois rien.

Elle se relève en fourrant le collier dans le sac plastique.

— T'as rien vu et t'as rien entendu, on est d'accord ? Si tu parles de ça, elle dit en montrant le sac, t'auras affaire à moi.

Et quand elle dit ça, avec ses yeux sombres comme la nuit, je vois bien qu'elle déconne pas. Je hausse les épaules :

— J'en ai rien à foutre de ce que tu trafiques.

Et c'est vrai, tout ce que je veux c'est retrouver Pépita au plus vite. Elle se détend :

— Alors on s'est compris... Tu ne poses pas de question et je n'en pose pas non plus.

Elle attrape ensuite mon T-shirt sur le siège.

— Tiens, remets tes habits, elle dit en regardant mon torse nu. J'ai mis ta bouffe dans un sac plastique. Et mon père aime pas trop qu'on se balade comme ça devant moi.

Je suis en train de me rhabiller, le T-shirt enfilé sur la tête, quand j'entends Kenza qui glisse à mon oreille comme une menace :

— Et je te le dis pour la dernière fois, le Français. Moi, j'aime pas qu'on regarde sous ma robe.

28

Pépita a accueilli « les invités » avec un grand sourire. « Les invités », c'est comme ça qu'elle les appelle.

Tout à l'heure, quand Béchir a eu fini de changer la roue, j'ai négocié un arrangement : je leur ai expliqué que j'étais en galère avec ma grand-mère malade et que je pourrais les payer s'ils me ramenaient jusqu'au moulin. Béchir a réfléchi un moment, essuyant le cambouis sur son pantalon, et il a dit : « OK. » Du moment qu'il y avait de l'argent à la clé, personne n'a posé de question et ils m'ont embarqué.

Une fois au moulin, on a planqué vite fait le pick-up sous des branchages. Pépita venait de se réveiller quand on est arrivés. En trottinant vers nous, les cheveux tout ébouriffés, elle m'a réprimandé avec des airs de grande dame : « Oh, Coco, tu aurais pu me prévenir que tu ramenais des invités, j'aurais passé une autre tenue!»

Béchir a eu l'air intrigué par cette vieille dame pleine de manières, perdue au milieu de nulle part dans la campagne, mais on s'en tenait au marché qui avait été passé : pas de questions.

Alors j'ai rapidement fait les présentations et j'ai raconté à Pépita ce qui s'était passé. Le regard de Kenza était braqué sur moi et ne m'a pas quitté tant que je n'ai pas eu terminé mon histoire. Bien sûr, j'ai passé sous silence le coup des bijoux et elle a eu l'air de se détendre. Évidemment, Pépita n'a rien compris à ce que j'ai raconté sur la ferme, le mec au fusil, les chiens et l'argent que je devais à Béchir pour le voyage. Elle a juste dit en montrant le sac de bouffe : «C'est bien, Coco, tu nous raconteras ce que tu as fait à l'école plus tard. Venez, mes amis, allons manger!»

Moi, j'aurais préféré payer et qu'ils se barrent tout de suite parce que les flics risquaient de nous tomber dessus à tout moment, mais Pépita a insisté : «Ce n'est pas souvent que je reçois des invités, s'il vous plaît, ça me fait tellement plaisir!»

Béchir a hésité un instant puis il a cédé devant le sourire de Pépita :

– C'est bon, on va manger ici. On est assez loin, ça craint rien.

Pépita a eu l'air enchanté et on l'a suivie vers le moulin.

– Et n'oublie pas le fric, m'a glissé Kenza.

– C'est bon, j'ai dit, il est dans son sac. Je vous le filerai tout à l'heure.

29

On s'est installés sur les berges du fleuve et je déballe tout ce que j'ai piqué à la ferme. Pain, fruits et charcuterie. Béchir a sorti un bidon d'eau de sa voiture. Pépita n'arrête pas de parler pour détendre l'atmosphère : Jerez de la Frontera, la floraison des citronniers, l'hôpital, la poésie…

Tout ça se mélange un peu dans sa tête et je sais pas trop ce que Béchir comprend mais il semble prendre beaucoup de plaisir à la conversation. Kenza, elle, ne mange rien, elle n'arrête pas de tendre l'oreille, comme si les flics pouvaient surgir à chaque instant. Maintenant Pépita raconte l'épisode du train et du coup de sac dans la tête du contrôleur et on se marre tous quand elle se met à mimer la scène.

Petit à petit, avec les histoires de Pépita et le ventre plein, l'atmosphère se détend.

Kenza, elle aussi, baisse sa garde et finit

par s'allonger dans l'herbe, une tranche de pain à la main.

– Elle est sympa ta grand-mère, elle dit. Moi, la mienne, c'est pas une marrante. Enfin, surtout quand tu es une fille. C'est toujours : « Kenza, fais ceci, Kenza, fais cela. Va chercher de l'eau, passe le balai. » Et pendant ce temps les garçons, ils se tournent les pouces ou ils vont jouer au foot. Il n'y en a toujours que pour eux!

Je rigole :

– Hé, ça doit être pas mal. Faudra que tu me la présentes!

– Idiot, c'est une vieille! elle me dit en piquant une tranche de saucisson.

J'immobilise sa main qui va jusqu'à sa bouche.

– Tu manges du porc? je demande.

– Et alors, ça te gêne?

Je hausse les épaules :

– Ben les Arabes, ça ne mange pas de porc.

– C'est les musulmans qui ne mangent pas de cochon. Et les musulmans, c'est comme tous les autres : quand ils ont faim, ils mangent. Même du cochon.

Et elle dit ça en plantant ses yeux noirs dans les miens et ses dents dans le saucisson.

– T'as encore beaucoup de choses à apprendre sur les Arabes, Frédéric.

Elle se penche vers moi avec un sourire aguicheur :
— Sur les Arabes… et sur les filles aussi.
Kenza me décoche alors un clin d'œil qui me fait monter le rouge aux joues et elle explose de rire en voyant ma tronche.
— T'es vraiment trop conne !
— Hé ! Reste poli, le Français ! Et n'oublie pas que tu as une dette envers moi…

Plus tard, Béchir raconte leur histoire à Pépita.
Ce sont des clandestins, des Berbères venus du Maroc. Il dit que Kenza et lui cherchent du travail dans les plantations. Les paysans d'ici ne sont jamais trop regardants sur les papiers, l'âge des ouvriers ou les contrats de travail. Le problème, c'est que la concurrence est dure. Il y a de plus en plus de travailleurs, beaucoup de femmes des pays de l'Est. Roumanie. Pologne. Bulgarie. Des femmes qui ont tout laissé derrière elles. Maison et enfants. Alors, c'est à qui acceptera de travailler le plus vite pour le moins cher possible. Il dit, en haussant les épaules : « C'est comme ça, c'est la vie. *Inch'Allah !* »
Jusqu'à maintenant, ils ont fait la récolte des oranges mais ce sera bientôt fini. Alors ils cherchent une plantation de citronniers, où on peut travailler presque toute l'année.

Moi, je ne dis rien mais je ricane dans mon coin : tu me les feras pas avaler tes histoires d'oranges et de citrons. Et je peux pas m'empêcher de penser : des voleurs, voilà tout ce que vous êtes. Des voleurs.

Et quand je pense ça, Kenza, comme si elle avait lu dans mes pensées, me foudroie de son regard noir.

30

On a repris la route. Tous les quatre dans le vieux pick-up pourri. Pépita a tiré de son sac les billets que je devais à Béchir puis elle a négocié : « Vous nous amenez jusqu'à Jerez de la Frontera et je vous trouve du travail là-bas. J'ai un vieil ami qui a une plantation de citronniers. Il vous accueillera le temps qu'il faudra. Vous ne serez pas embêtés. C'était un ami de mon mari. Il l'a beaucoup aidé à ses débuts. Il lui doit bien ça. »

Béchir a serré les mains de Pépita pour sceller le pacte et j'ai serré les dents malgré moi. C'est comme un pressentiment : ils vont nous attirer des ennuis. Mais pour l'instant, c'est eux qui ont la bagnole et il n'y a pas d'autre solution. Sans compter que le mec de la ferme a dû appeler les flics et leur dire qu'un jeune Français piquait des trucs chez lui. Et même si les flics sont un peu cons, il n'y en a pas pour longtemps avant qu'ils fassent le lien avec ma cavale de la gare d'Atocha.

Donc, c'est le pick-up. Pépita et Béchir à l'avant. Kenza et moi à l'arrière, sur la plate-forme. C'est les petites routes de campagne entre les oliviers, les champs de coton, d'aubergines, de tomates et d'amandiers.

C'est le regard des saisonniers, pliés entre les rangées de légumes, sûrement des clandestins, qui baissent la tête quand passe le pick-up.

Et c'est nous aussi qui tournons la tête pour ne pas être reconnus quand on vient à croiser les contremaîtres sur le bord des chemins.

Kenza et moi, on passe un grand moment sans parler, étourdis par le soleil qui cogne et les nuages de poussière que soulève la bagnole. Et aussi parce qu'on est tous les deux sur nos gardes, avec en tête ce qui s'est passé ce matin. En plus, discuter avec les filles, ça n'a jamais été mon fort. Alors je la boucle depuis le départ.

Kenza rompt le silence quand j'essuie mon front trempé de sueur.

– Qu'est-ce que t'as à la main ?

Ma main, et la brûlure de mon initiation au creux de la paume. Comme une étoile de feu. C'était il y a quelques jours à peine et pourtant, tout ça me semble si loin maintenant. Le brasier, le local à poubelles, le supermarché. Et le flingue... En tout cas, c'est certainement pas à Kenza que je raconterai la vérité.

– Rien, je réponds. Une brûlure. Une connerie que j'ai faite avant de partir.

Kenza fixe la paume de ma main, songeuse.

– Avant, je savais soigner ça. Faire passer le feu.

– Quoi ?

– Faire passer le feu : guérir les brûlures, les insolations, la fièvre et toutes les choses comme ça.

– Tu déconnes ?

– Non, on est toutes un peu sorcières dans la famille. C'est courant chez les Berbères. C'est parce qu'avant notre peuple vivait dans le désert et Dieu nous a appris comment soigner le feu. Ma mère avait le don et elle me l'a transmis quand je suis née...

Je tends ma main vers elle, incrédule, certain qu'elle fait la mystérieuse pour se foutre de moi.

– Vas-y, montre-moi.

Elle fronce les sourcils.

– Je peux plus. Depuis qu'on est partis, je l'ai perdu.

Je laisse retomber ma main.

– J'en étais sûr. Tu me prendrais pas pour un con, des fois ? Ça n'existe pas ces trucs-là.

Elle change de conversation en haussant les épaules :

– Alors, toi aussi t'as fait des conneries. C'est pour ça que t'es ici ?

– Non, j'accompagne ma grand-mère jusqu'à Jerez de la Frontera. C'est tout.

– Et après, tu retourneras en France ?

Je ne peux pas m'empêcher de penser à toutes les emmerdes qui vont me tomber dessus au retour.

Mais qu'est-ce que je pourrais faire d'autre ? Je ne vais pas passer ma vie à fuir. Il faudra bien que je m'explique.

– Oui, sûrement.

Un cahot du chemin nous projette alors en travers de la plate-forme. À l'avant, j'entends Béchir qui crie : « Attention ! » mais trop tard.

On s'agrippe comme on peut l'un à l'autre pour pas glisser. On valdingue dans tous les sens.

Heureusement, la voiture reprend sa route. Moins une et on était éjectés du pick-up, cul par-dessus tête. Comme sur un trampoline. On se retrouve allongés côte à côte et on explose de rire. On retourne s'asseoir en se tenant, titubant comme deux mecs bourrés.

Kenza époussette sa robe rose.

— Et c'est comment la France ?

Je hausse les épaules :

— Comme partout ailleurs, j'imagine. C'est la merde.

— Tu dis ça parce que tu ne connais pas le Maroc. Là-bas, c'est vraiment la merde. Surtout quand t'es une femme et qu'en plus t'es berbère, t'as pas d'avenir. Les mecs ils pensent que t'es juste bonne à faire la bouffe et des enfants. Alors tu vois, la France, ça peut pas être pire. C'est peut-être là que j'irai un jour…

Je ricane :

— Et qu'est-ce que tu crois ? Que tout est facile chez nous ? Qu'il suffit de claquer des doigts pour avoir ce que tu veux ? Les gens comme toi, il y en a plein les quartiers. Ils croient arriver au paradis et en fait ils débarquent en enfer. Tout ça, c'est que du vent.

C'est sorti comme ça, sans réfléchir. Je m'en veux un peu de lui avoir balancé tout ça sans prendre des pincettes mais, merde, c'est la vérité.

Kenza reste un moment silencieuse, le visage sombre, puis elle reprend :

— Tu connais Agadir ? C'est au bord de la mer. La carte postale pour touristes. Le sable blanc et les eaux claires. Sauf que derrière la carte postale, ce que les touristes ne voient jamais, c'est la réalité.

«Alors tu vois, je connais plein de filles comme moi qui vont là-bas pour draguer les touristes. On se pose sur la plage, on fait semblant de bronzer et on attend qu'un Blanc vienne te baratiner. Même moche, même con, c'est pas grave, tu le laisses te draguer. Et tu sais que tout ce qu'il te raconte, c'est que des conneries. Mais tant pis, tu y crois à tous ces mensonges. Tu y crois avec toute ta tête et tout ton corps. Tu y crois si fort que t'en deviens conne. Parce que derrière il y a toujours l'espoir. L'espoir qu'on te sorte de là et qu'on t'emmène en Espagne, en France ou en Amérique. Mais le plus souvent, ça finit pas comme ça… Les avions décollent et t'es jamais dedans. Il te reste que des mauvais rêves. Ouais, c'est souvent comme ça que ça finit, elle dit en posant une main sur son ventre maigre.

Moi, je me tais, mal à l'aise parce que certain d'avoir trop bien compris.

Au bout d'un moment, le regard perdu entre les oliviers qui défilent autour de nous, elle ajoute :

— Après, mon père a dit que le Maroc c'était fini pour nous. Qu'on allait construire une autre vie en Europe. Alors on a trouvé un passeur. Mon père a emprunté pour payer le voyage. Il a vendu tout ce qu'on avait. On a embarqué un soir d'octobre. Mon père et moi.

Je demande :

— Et ta mère, elle n'est pas venue avec vous ?

Kenza passe une main nerveuse dans ses cheveux.

— Le bateau était pourri. Trop chargé. Il est pas arrivé jusqu'à Gibraltar. Et ma mère n'est jamais arrivée jusqu'ici…

Elle plante ses yeux dans les miens :

— Tu vois, Frédéric, les rêves, ça fait longtemps que j'y crois plus. Et je vais pas non plus ramasser des citrons ou voler des trucs toute ma vie…

Sa main vient alors se poser sur la mienne. Et sans que je réfléchisse, mes doigts se nouent autour des siens.

— C'est pour ça que la France, l'Angleterre ou je sais pas où, ça peut pas être pire que là-bas. Et c'est pour ça que je suis prête à tout pour y arriver.

C'est à ce moment-là que la voiture s'arrête.

31

Béchir jaillit du pick-up.
— Frédéric ! Ta grand-mère va pas bien.
Je saute de la plate-forme.
Sur son siège, Pépita est en sueur, secouée de tremblements, les yeux hagards.
Béchir demande :
— Qu'est-ce qu'elle a ? Qu'est-ce qu'on peut faire ?
Je lève les mains, affolé et impuissant.
— Je sais pas ! Elle a pas ses cachets avec elle !
Kenza pose la main sur le front de Pépita.
— Elle est brûlante ! Elle doit avoir de la fièvre !
— De l'eau ! Il nous faut de l'eau, crie Béchir.
Il se rue vers le fatras amassé derrière la banquette du pick-up et en tire un bidon d'eau.
Il peste en le secouant : Il est vide ! On l'a fini à midi.

Kenza réussit quand même à en tirer quelques gouttes sur un vieux mouchoir sale qu'elle applique sur les joues rouges de Pépita.

Béchir se mord la lèvre, inquiet.

— On ne va pas pouvoir continuer comme ça. Il nous faut de l'eau et des médicaments. Vous allez rester là tous les trois. Je prends la voiture et je vais aller voir jusqu'à la prochaine plantation. Il y a toujours de l'eau et des réserves pour les premiers soins.

Kenza fronce les sourcils.

— Tu peux pas faire ça. Après le coup de la ferme, ils ont dû faire passer le mot dans le coin et les paysans vont se méfier. Tout ce que tu vas faire, c'est te faire attraper par la police!

Béchir hausse les épaules.

— On n'a pas le choix, Kenza. C'est ça ou Pépita ne tiendra pas le coup.

— Non, pas question que tu y ailles! S'il t'arrive quelque chose, qu'est-ce qu'on va faire, tous les trois, perdus au milieu de nulle part?!

Je m'interpose:

— Moi, je vais y aller. Je peux conduire la voiture.

Kenza me jette un regard noir.

— Arrête tes conneries! Si on est repérés,

tu l'es aussi. Le mec t'a vu bien en face. T'as aucune chance, toi non plus.

– Et alors ? Je vais pas laisser ma grand-mère crever sur place !

– C'est ça, et si tu te fais choper, qu'est-ce qu'on fera avec Pépita ?! Tu crois que ça l'aidera ? Et nous ? On n'aura même plus de voiture !

Kenza crache par terre à mes pieds.

– Si t'avais pas fait le con, là-bas, à la ferme, on n'en serait pas là !

Je balance un coup de pied rageur dans la poussière.

– On s'en fout maintenant. Il faut trouver une solution. C'est moi qui vais y aller !

Je m'avance vers le pick-up pour prendre les clés quand j'entends un bruit de moteur.

On tourne alors tous les trois la tête vers le bout du chemin.

Dans un nuage de poussière, une grosse bagnole rouge apparaît.

32

— *¡ Holá amigos! ¿ Todo está bien ?*

Deux types en pantalon de travail, casquette de base-ball et T-shirt crade sont descendus de la bagnole. Un grand maigre, la soixantaine, et un jeune d'une vingtaine d'années, tout en muscles. Certainement un père et son fils. Des paysans ou des contremaîtres qui font la tournée des plantations. C'est pas des flics, c'est déjà ça.

Kenza s'est réfugiée dans le pick-up, au côté de Pépita, et lui tamponne le visage avec le mouchoir, évitant de croiser le regard des deux hommes. Les types nous détaillent de la tête aux pieds. C'est sûr, on fait une drôle d'équipe tous les quatre. Deux clandestins, une vieille dame et moi, le crâne rasé et habillé tout en noir. L'ambiance est tendue. J'essaie de rester de profil pour pas qu'ils voient ma tronche.

Le vieux tique en apercevant Pépita, les yeux mi-clos et tremblante.

Il fronce les sourcils et désigne du menton ma grand-mère.

– *¿ Qué paso a la abuela?*

Béchir s'avance vers eux, essayant de garder un air détendu, et explique la situation en espagnol. Je ne comprends pas grand-chose mais il est question d'eau et de fièvre : *Agua y aspirina*.

Les deux types échangent un regard. Puis le plus âgé fait un signe de tête en désignant leur bagnole. Et pendant que le jeune va fouiller dans l'habitacle, il s'allume une cigarette. Silence. L'homme s'appuie contre la voiture et tire sur sa clope en nous souriant, rassurant. J'essuie mon front, trempé de sueur. Est-ce qu'ils sont au courant pour le coup de la ferme ? Est-ce qu'ils nous ont reconnus ? Impossible de savoir mais j'espère qu'on va pas finir avec un fusil planté sous le nez. Enfin, le fils ressort de la bagnole avec un bidon d'eau et une boîte de comprimés. Je me détends un peu.

Il s'avance vers le pick-up. Kenza ouvre la portière. Il lui donne la flotte et les médicaments. Échange de regards. Kenza tend les mains pour attraper les trucs. Les yeux du gars glissent jusqu'à la robe rose, collée au corps de Kenza par la chaleur, et ses mains se crispent sur le bidon et la boîte d'aspirine, refusant de les lâcher. Comme pour un jeu. Sauf qu'un sourire animal se dessine sur son visage.

Il demande : «¿ *Clandestinos, no ?* »

Quelques secondes s'écoulent. Lourdes et poisseuses. Comme un orage d'été. Je crispe les poings, prêt à tout. Puis le vieux jette sa clope par terre et l'écrase du talon. Il ordonne : «¡ *Hijo !* ¡ *Vale así !* »

Le fils desserre alors son étreinte, à contre-cœur. Kenza s'empare vivement du bidon et des médicaments, lui décochant un regard venimeux.

Et pendant que Kenza fait avaler deux aspirines et de l'eau à Pépita, le jeune regagne la bagnole rouge, un demi-sourire amusé sur les lèvres.

Au passage, il me lance un clin d'œil appuyé. Comme pour me dire : « Tu dois bien t'amuser, hein, avec la petite Arabe. » Moi je détourne la tête pour ne pas lui fracasser la sienne. Essayant de dissiper le malaise, Béchir se confond en remerciements.

Le vieux secoue la tête : «*Vale, vale.*» Échange de poignées de main. Les deux gars remontent dans la voiture. Ils disparaissent comme ils sont arrivés, dans un nuage de poussière.

33

Le soir, on s'arrête dans un vieil entrepôt abandonné.

L'endroit est aménagé sommairement avec des caisses de légumes renversées en guise de mobilier, des paillasses de foin et des bâches pour obstruer les ouvertures. C'est pas le confort moderne mais c'est un bon abri pour la nuit. On dégote même un réchaud, du thé et une casserole dans un carton. Et aussi quelques sachets de riz et de semoule. Béchir m'explique que l'endroit est connu des clandestins qui transitent par ici. Sans qu'on sache pourquoi, la police respecte l'endroit et ne fait jamais de descente dans le coin. C'est comme un refuge où on peut se reposer un peu avant de continuer le périple vers les villes du Nord. Chaque personne qui passe là essaie d'entretenir le lieu, de laisser quelques trucs qui pourront aider les suivants sur leur route. Un minimum de solidarité.

En partageant le reste de pain et une casserole de semoule, personne ne parle. On est tous abrutis par la journée, le stress de se faire choper par les flics et le soleil qui a cogné dur.

Même si la fièvre est tombée, Pépita semble épuisée. Elle a perdu la bonne humeur qui l'a accompagnée jusqu'ici. Ses gestes sont plus lents, comme si elle portait un poids énorme sur les épaules, et ses yeux paraissent perdus dans un éternel brouillard. D'ailleurs, elle sombre dans le sommeil dès le repas terminé, à même le sol.

Comme je la regarde, inquiet, Béchir vient la couvrir d'une vielle couverture rapiécée.

Peu après, Kenza quitte l'entrepôt pour aller faire une lessive sur la berge du fleuve. Avec Béchir on s'assied à l'extérieur. Là, sous les étoiles bercées par le souffle du fleuve, il porte une cigarette à ses lèvres et me tend le paquet. J'en prends une. Sur un bout de grattoir, il frotte une allumette qui éclaire un instant nos deux visages réunis près de la flamme. Bouffées. Volutes. Silence. Je pense à Pépita, allongée à l'intérieur. À sa maladie. À ses rêves un peu fous. Et je me demande si on atteindra Jerez de la Frontera avant qu'il soit trop tard.

Béchir, comme s'il avait lu dans mes pensées, me dit :
— C'est une femme forte, ta grand-mère. Ne t'en fais pas trop, petit. Demain, *Inch'Allah*, on sera là où elle veut.

Je remue mes pieds dans la terre.
— Merci. Sans vous, on n'y serait jamais arrivés.

Béchir esquisse un sourire entre deux bouffées de fumée.
— Je sais que si. Tu es quelqu'un de fort toi aussi, Frédéric. Pépita m'a tout raconté dans la voiture, avant sa crise. Elle est peut-être malade, incapable de se souvenir de ce qu'elle a fait la veille ou il y a juste cinq minutes, mais ça, elle ne l'a pas oublié. C'est gravé en elle comme dans l'argile. L'histoire de ta famille. Ton grand-père. La guerre civile. Jerez de la Frontera. Et ton père aussi.

Et quand il dit ça, je ne peux pas empêcher mon corps de se tendre, alors je tire plus fort sur ma cigarette qui rougeoie dans la nuit.

Béchir continue :
— C'est jamais facile de vivre avec celui qui n'est plus là. C'est comme des braises qui brûlent tout au fond (et Béchir pose sa main sur son ventre). Des braises qui réchauffent et qui brûlent à la fois. On ne peut pas les éteindre parce qu'elles sont à l'intérieur de

soi. Parce qu'elles font partie de soi. Et c'est comme si elles vous consumaient à chaque instant, à petit feu. Elles vous réveillent la nuit et elles vous font courir à travers le monde, comme un dément. Dans ces moments-là, on ferait n'importe quoi et on donnerait tout pour éteindre la brûlure. Et pourtant, certains soirs, elles vous réchauffent, elles vous rassurent et vous donnent la force d'avancer à travers la nuit. Comme une étoile. Ça devient la plus belle lumière qui soit. Tu vois, Frédéric, c'est pour ça qu'il ne faut pas chercher à éteindre ce feu. Parce qu'il peut devenir ton guide. Alors il faut prendre soin de l'entretenir... en faisant toujours attention à ne pas se brûler. C'est le plus difficile. Et je sais que tu peux y arriver.

Et là, sous les étoiles, je me sens étrangement proche de cet homme que je connais à peine. Peut- être parce que c'est la première fois que quelqu'un met des mots sur la douleur que je porte en moi. Des mots que je suis moi-même incapable de prononcer.

Alors je dis, et c'est comme une main tendue vers Béchir :

– Je suis désolé pour votre femme. Kenza m'a raconté pour le bateau.

Rougeoiement des braises. Le regard étonné de Béchir se tourne vers moi.

– Quel bateau ?
– L'accident du bateau pendant la traversée. Et votre femme qui… qui s'est noyée.

Les yeux de Béchir s'arrondissent alors de surprise.

– Mais… ma femme ne s'est pas noyée.

Je hausse les épaules.

– Je croyais que…

Béchir secoue la tête.

– Non, Frédéric. Ma femme, elle est restée au Maroc.

Moi, je reste sans voix et ma tête se met à tourner.

C'est comme un abîme qui s'ouvrirait sous mes pieds.

Je réalise que Kenza m'a menti ! Toutes ces histoires d'Agadir, de touristes, de passeur et de bateau !

Et sa main sur la mienne. Que des conneries !

Mais pourquoi ?

Ses mots résonnent alors dans mes oreilles. Elle avait dit : « Je suis prête à tout pour y arriver. » Et je comprends d'un coup qu'elle voulait m'attendrir. Tout ça pour que le petit Français s'apitoie sur elle. « Même moche, même con. » Elle s'est bien foutue de ma gueule. C'est moi qui me suis laissé embobiner. J'y ai vu que du feu. Et tout ça dans un seul but, je le sais maintenant. Elle m'avait posé la question : « Et après, tu retourneras en France ? » Son seul but c'était ça : que je la ramène avec moi quand je rentrerais !

Béchir a compris que quelque chose ne tournait pas rond. Il m'attrape par l'épaule :

— Frédéric, il faut que je t'explique.

— Non, je dis, pas la peine. J'ai pigé !

Alors je balance ma clope d'un geste rageur et je rentre me coucher dans l'entrepôt, le rouge au front et la rage au ventre.

Allongé près de Pépita, je ne peux pas m'empêcher de ruminer mes pensées. Je m'en veux de lui avoir fait confiance et de m'être laissé rouler comme ça. « Faut être toujours vigilant », avait dit Cobra. Et je comprends maintenant pourquoi.

Plus tard, dans un demi-sommeil, j'entends au-dehors les éclats de voix de Béchir et de Kenza. Une dispute. Comme une vague qui enfle. Qui gronde avec les mots secs de Béchir. Et qui vient mourir sur les pleurs de Kenza.

Je l'imagine qui sanglote toute seule dans la nuit. Prise à son propre piège.

Et je pense : c'est bien fait pour toi. Demain, on partira tout seuls. Tout seuls. Pépita et moi.

34

Pénombre. Couloirs d'hôpital. Partout ça sent le vieux. Soupe aux légumes, détergent et draps froissés. Et des aquariums vides qui s'entassent le long des murs. Au plafond, les taches jaunâtres des ampoules qui grésillent, tentant vainement de dissiper l'obscurité.

Je cours. Au rythme du cœur qui bat dans ma poitrine. J'enchaîne couloir sur couloir. Un véritable dédale. Je suis perdu et il n'y a personne pour m'indiquer le chemin. Je pense : merde ! J'ai même pas de billet. Et c'est à ce moment-là que surgissent devant moi deux contrôleurs, le visage sombre et le sourire affûté.

– Mon petit Coco ! Viens par ici ! On a quelque chose à te montrer.

Et dans leurs mains planquées derrière leur dos, je peux deviner l'éclat des barres de fer.

– Allez, n'aie pas peur, petit. Viens !

Demi-tour. Je m'enfuis. Course-poursuite. À m'en enflammer les poumons. Et toujours leurs pas qui se rapprochent. Ils sont à deux doigts de m'attraper quand une porte apparaît devant moi. Une porte surmontée d'un panneau lumineux qui crie : Urgence !!! J'enfonce la porte. C'est le souffle du brasier qui m'accueille. Suffocant. Les flammes lèchent les murs de la cave. Je jette un œil derrière moi : des briques sombres. La porte a disparu et les contrôleurs n'arriveront jamais jusqu'ici. Mais je ne pourrai jamais en sortir. Quand je me retourne, Chacal et Cobra sont au milieu de la pièce enflammée, en sueur et tout sourires.

— Hé, les gars, qu'est-ce que vous branlez ? Il faut pas rester là, ça va cramer, je dis, en montrant le feu qui gagne du terrain.

— T'en fais pas, petit, me dit Cobra. Regarde.

Et Cobra passe tranquillement sa main dans le feu, comme si c'était de l'eau.

— Tu vois, nous on craint rien. C'est *l'ordre naturel* des choses.

— Allez, flippe pas, Croco ! me dit la bouche abîmée de Chacal. On est la Meute, on est les Frères du Feu, pas vrai ? Viens plutôt t'amuser. Regarde ce qu'on a pour toi.

Et ses yeux désignent une forme allongée sur le sol, entravée par des cordes. Une forme habillée d'une robe rose immaculée : Kenza.

Les cheveux collés au front, elle est terrorisée. Elle supplie qu'on la libère mais aucun son ne sort de sa bouche.

– Allez, Croco, me dit Cobra. C'est ton tour maintenant, et il me tend quelque chose de noir et brillant – le revolver !

Je tends la main vers l'arme et ce n'est plus Cobra mais mon père qui me l'offre, le visage bleu et gonflé d'avoir trop longtemps séjourné sous l'eau. Ses yeux, d'un noir aussi épais que du goudron, plongent dans les miens.

– Tu sais ce que tu as à faire, petit. Alors fais-le.

Je hoche la tête, frissonnant au contact du métal froid de la crosse entre mes mains. Il soulève ensuite la robe de Kenza sur ses cuisses brunes. C'est alors que je vois son ventre, rebondi. Elle est enceinte ! Je m'approche. Et sur mes lèvres, malgré moi, se peint un sourire carnassier. Un sourire d'animal. Kenza se met à pleurer. Des larmes de gamine. Et Chacal, Cobra et mon père hurlent. Comme des bêtes féroces. Je m'approche encore, le revolver dressé entre mes mains au-dessus du ventre de Kenza. Je ferme les yeux. Mes nerfs se tendent. Chaîne invisible, souterraine à travers mon corps. Depuis mon cerveau jusqu'à mon doigt. Mon doigt se crispe sur la gâchette. Et le chien du revolver bascule. Comme au ralenti. Inexorablement entraîné vers le percuteur. Choc du métal. Le temps s'arrête. Une, deux, trois secondes. Puis soudain le feu jaillit hors de la gueule. Dans un rugissement effroyable qui me vrille les oreilles.

Et je me réveille en sursaut.

35

Sueur froide. Un bruit. J'ai entendu un bruit et c'est ça qui m'a réveillé. Secoué par le cauchemar, je tente de remettre mes idées en ordre. Je pense tout de suite au mec au fusil ou à la police… mais non. L'entrepôt est bien trop loin de la ferme. Impossible qu'ils puissent nous retrouver. Et puis Béchir m'a dit que la police ne venait jamais par ici. Non, c'est sûrement un clandestin. Sans bouger la tête, je fouille l'obscurité. Et je la vois. Une silhouette. Debout. Elle s'approche du corps assoupi de Pépita. À pas de loup. Je la reconnais : c'est Kenza ! Accroupie auprès de Pépita, elle cherche quelque chose sans bruit. Le sac ! Je devine qu'elle fouille dedans. Elle en sort plusieurs trucs qui font un bruit de papier froissé. Encore secoué par le cauchemar, je mets un temps à comprendre. Et puis c'est le déclic : c'est l'argent de Pépita qu'elle est en train de voler !

Alors je me lève, silencieusement.

Elle est tellement absorbée par ce qu'elle fait qu'elle ne m'entend pas approcher. Je suis à quelques centimètres d'elle. Je peux sentir sa sueur et l'odeur chaude de son corps. Rapide comme un serpent, je détends mon bras et j'enserre sa main. Elle étouffe un cri. Son visage se tourne vers le mien. Glacé. Elle essaie de retirer son bras d'un coup sec mais je résiste. Muscles contre muscles. Vibrants.

— Lâche-moi, elle siffle à voix basse.

— Jamais, je dis en secouant la tête. Qu'est-ce que tu comptais faire ? Prendre le fric et te barrer toute seule ? Tout ça parce que le petit Français était pas assez con pour te croire et te ramener en France ?

— Idiot, t'as rien compris ! Et puis qu'est-ce que t'es allé raconter à mon père ?! Tu sais rien de moi, Frédéric !

— Tais-toi ! Je veux rien savoir ! C'est fini maintenant les conneries. Tu vas remettre ces billets dans ce sac. Ou alors je réveille Pépita et Béchir. Et je te jure qu'ensuite tu le regretteras.

Ce sont maintenant nos regards qui luttent. Ses yeux noirs se font brûlants comme des braises. Et les miens durs comme de l'acier. On reste comme ça une éternité, les yeux dans les yeux. Juste à côté de nous, Pépita remue dans son sommeil. Comme si elle faisait un mauvais rêve.

Alors les yeux de Kenza viennent se poser sur elle. Peu à peu je sens son bras qui se relâche puis abandonne. Elle repose les billets dans le sac. Lentement, je retire ma main.

Kenza se relève, balance ses cheveux en arrière en massant son poignet :

– De toute façon, j'en ai rien à foutre de votre fric ! J'ai pas besoin de ça ! J'y arriverai quand même et personne pourra m'en empêcher !

Et sans me quitter des yeux, avec un sourire mauvais sur le visage, elle recule jusque dans l'ombre, près de Béchir.

Moi, je récupère le sac de Pépita et je retourne me coucher, encore vibrant d'adrénaline, le sac serré contre moi. Je lutte quelques heures contre le sommeil, scrutant l'obscurité. Peut-être par peur que Kenza tente à nouveau quelque chose. Peut-être par peur de sombrer dans un nouveau cauchemar.

Et puis finalement je m'endors.

36

Tout le monde est levé quand je me réveille. Le sac est toujours là.

En sortant de l'entrepôt, le soleil est déjà haut dans le ciel et j'aperçois Béchir un peu plus loin, en train de faire ses prières du matin.

Pépita et Kenza sont assises dans l'herbe et partagent des oranges, papotant comme de vieilles amies. Je ne sais pas ce que Kenza raconte mais Pépita est aux anges. Plus aucune trace de la fièvre et de sa crise d'hier. Aussi fraîche qu'une fleur, elle se marre comme une gamine. Et moi je crispe les poings.

Pépita relève la tête quand je m'approche. Kenza, elle, s'abrite derrière le flot de ses cheveux, soudainement anxieuse. C'est sûr, elle fait moins la fière. Je devine qu'elle balise que je la balance à ma grand-mère pour le sac.

– Ah, Coco! s'exclame Pépita. Tu as bien dormi?

– Ça va, je dis, en passant une main sur mes yeux gonflés de fatigue. J'ai juste fait un mauvais rêve…

Je demande, un sourire narquois sur les lèvres :

– Et toi, Kenza, t'as pas fait de cauchemar?

Elle écarte la mèche qui lui barre les yeux.

– Je ne fais jamais de cauchemar.

Pépita se tourne vers elle.

– Coco, lui, il a toujours fait des mauvais rêves. Depuis qu'il est tout petit. Il imagine tout le temps des histoires complètement invraisemblables. C'est étrange, non? En tout cas, moi j'ai dormi comme un bébé! dit-elle en s'étirant. Je suis prête à reprendre la route!

Kenza se lève alors sans un regard et disparaît derrière l'entrepôt, vers le vieux pick-up qu'on a planqué sous des branches.

J'en profite pour me pencher vers Pépita. Je lui souffle à l'oreille :

– Pépita, il faut qu'on continue tout seuls. On peut pas leur faire confiance!

Mais Pépita secoue la tête :

– Allons, Coco! Il faut avoir la foi. Eux aussi ils ont traversé des épreuves. Comme nous. C'est pour ça qu'il faut nous entraider.

— Mais Pépita, tu ne comprends pas. Kenza ferait n'importe quoi pour…

— Qu'est-ce que vous dites ? demande alors la voix de Kenza qui surgit derrière moi.

Je fais signe à ma grand-mère de se taire. Elle me répond par un petit rire de conspirateur. C'est sûr, elle n'a rien compris.

Kenza s'avance entre nous deux, marchant fièrement dans sa robe rose miteuse.

Elle se penche alors vers Pépita :

— Madame Pépita. Tenez. C'est un cadeau pour vous dire merci de toute votre gentillesse.

Et sous les yeux de Pépita, dans la main de Kenza, il y a un collier de perles nacrées qui brillent au soleil. Le collier qu'elle a piqué à la ferme !

— C'est un porte-bonheur, ajoute Kenza. Un bonheur pour chaque perle. Une perle pour chaque jour.

Et Pépita ouvre de grands yeux éblouis :

— Oh, comme c'est beau. Avec ça, je serai la plus belle des femmes de Jerez de la Frontera !

Moi, je reste là comme un con, la bouche grande ouverte à gober les mouches. Et pendant que Kenza accroche le collier volé autour du cou de Pépita, elle me regarde droit dans les yeux. Comme pour dire : vas-y, dis-le maintenant que c'est un collier volé. Que j'ai fouillé dans son sac cette nuit. Dis-le-lui que tout ça c'est du vent. Dis-le maintenant ou tais-toi à jamais !

Alors je me lève. Et je trace sans me retourner.

37

Assis sur la berge sous un vieil olivier, je balance des cailloux dans le Guadalquivir. Je ne sais plus quoi penser. Et toutes mes pensées s'engluent dans mon cerveau comme ces cailloux dans l'eau verte du fleuve.

Il y a seulement quelques jours, sous les étoiles du vieux moulin, tout me semblait si clair, si limpide. Je me sentais à ma place. Juste Pépita et moi, en route vers Jerez de la Frontera. Je savais que ce que je faisais était la seule bonne chose à faire. Et aujourd'hui, je ne sais plus. Tout se brouille : Pépita et ses délires, mon père, la Meute, Kenza et ses mensonges...

Nouveau caillou dans l'eau.

Et la voix de Kenza derrière moi :

– Frédéric ?

Comme je ne réponds pas, elle vient s'asseoir à côté de moi. Elle étend ses longues jambes brunes devant elle et passe une main dans sa tignasse.

Moi, je balance un autre caillou dans l'eau. Un autre caillou qui disparaît aussitôt. Je dis sans la regarder :

— C'est Béchir qui t'envoie ? Il balise qu'on vous laisse là ?

— Non, c'est pas lui. Il sait rien. Je voulais m'excuser pour le sac, elle dit. J'ai été conne. Je ne sais pas ce qui m'a pris. Hier soir, je me suis disputée avec mon père. J'avais la rage. Contre lui et contre toi, contre tout. Alors j'ai pensé à l'argent de Pépita. Je voulais me barrer. Partir. Tout quitter. Mais je te jure, je ne l'aurais pas fait.

Elle hausse les épaules :

— Je ne sais même pas conduire la voiture !

— C'est bon, te fatigue pas avec tes bobards. Je ne crois plus un seul mot de ce que tu dis. T'es ignoble d'avoir raconté tous ces trucs. Tous ces trucs sur ta mère et sur toi.

— Tu comprends rien à rien. Ce qui m'est arrivé à Agadir, c'est vrai. J'ai pas honte. C'est arrivé comme ça, c'est tout, et on ne revient pas sur le passé. Je te l'ai raconté parce que j'en ai marre de traîner avec mon père qui fait comme si rien ne s'était passé. Qui ferme les yeux comme s'il était aveugle. Ça fait des semaines qu'on vit l'un avec l'autre, vingt-quatre heures sur vingt-quatre. J'étouffe ! Alors, j'avais besoin d'en parler à quelqu'un et je te faisais confiance. J'ai pas besoin de ta pitié. Et si je t'ai menti pour ma mère c'est que j'ai pas eu le courage de raconter. C'est que j'ai honte pour elle, pour ce qu'elle est et ce qu'elle a fait! Et si je t'ai dit qu'elle était morte c'est que je préférerais qu'elle soit morte pour de vrai!

Je me tourne vers elle, écœuré:

— Mais comment tu peux dire des trucs comme ça?! T'es vraiment dégueulasse!

— Tu ne sais rien de moi, Frédéric. Tu ne sais rien de ce que j'ai vécu, alors boucle-la avec tes grands principes! Tu veux donner des leçons mais c'est pas comme ça que ça marche! T'es pas seul au monde! Maintenant, puisque tu veux toute la vérité, tu vas l'avoir et tu vas m'écouter!

— Ça, ça m'étonnerait, je dis en me relevant.

— Reste là! ordonne Kenza, la voix vibrante de colère, une main appuyée sur mon épaule pour m'obliger à me rasseoir.

38

— Le mec, c'était un Français que j'avais rencontré sur la plage. L'âge de mon père, mais il était bien habillé et plein d'humour. Un mec avec de la classe. Il m'avait baratiné en disant qu'il m'emmènerait avec lui. Il avait insisté, plusieurs jours de suite. Il m'achetait des bijoux et des glaces. Il me faisait rire. Toutes mes copines étaient mortes de jalousie. Il disait comme ça que j'étais la femme de sa vie et qu'il m'épouserait une fois en France. Et moi, comme une conne, j'y ai cru. Alors un après-midi, on est allés dans un hôtel… et j'ai fait la chose avec lui. Mais après, en se rhabillant dans cette chambre, son portable à sonné. C'étaient sa femme et ses enfants qui arrivaient à l'aéroport. Il m'a avoué qu'il était ici en vacances. Qu'il avait fait une connerie. Je me suis mise à pleurer comme une idiote. Il a juste dit : « Désolé » et il est reparti en me laissant toute seule sur le lit défait. Et quelques semaines après, j'ai su. J'ai su que j'étais enceinte. Je pensais que mes parents me tueraient pour ça. Parce qu'au Maroc, c'est le déshonneur si tu fais un enfant avant le mariage. Quand ma mère s'en est aperçue, elle a tout raconté à mon père. Ils étaient furieux. Ils m'ont jetée à la rue en disant que j'étais qu'une traînée, que j'étais plus leur fille. J'avais nulle part où aller alors je suis partie chez ma grand-mère. Elle, elle n'a rien compris. Ou si elle a compris quelque chose, elle n'a rien dit et elle m'a accueillie sans poser de question. Je ne savais plus quoi faire mais au moins j'avais à manger et un toit au-dessus de la tête. Quelques jours après, mon père a débarqué. Il avait réfléchi de son côté, sans en parler à ma mère. C'était la première fois qu'il s'adressait à moi comme à une adulte. Il m'a demandé si je voulais garder le bébé ou pas, c'était à moi de choisir. J'ai pas dormi pendant des nuits. Je ne savais plus. J'ai pensé à mon avenir. Et à celui que je pouvais offrir à un enfant sans père, là-bas, au Maroc, où t'es moins qu'un chien quand t'es une femme seule et déshonorée. Et c'est pas ça le futur que je voulais pour mon enfant. Alors... j'ai pris une décision. Mon père s'est arrangé avec un ami à lui, un médecin. Pour... pour faire passer le bébé. Je sais pas comment ma mère l'a appris mais elle est devenue enragée. Elle a toujours été plus dure que mon père et au village tout le monde se foutait déjà de sa gueule à cause de ça. Au Maroc, c'est l'homme le chef, et pas le contraire. Mon père a essayé de la raisonner, en lui disant que c'était ma vie et mon choix mais elle ne voulait rien savoir. Ils se sont engueulés et mon père a menacé de la répudier si elle ne la fermait pas. C'était la première fois qu'il élevait la voix contre elle. Le lendemain, les flics ont débarqué chez ma grand-mère. Ils ont dit qu'on avait été dénoncés pour un avortement et qu'ils allaient mener l'enquête. Chez nous, tu peux aller en prison pour ça. Alors on a tout laissé et on s'est enfuis, mon père et moi, parce que la vie devenait impossible pour nous là-bas... Je suis sûre que c'est elle qui nous a balancés. Tu vois pourquoi, ma mère, je voudrais qu'elle soit morte, enterrée et bouffée par les vers!

Je crache:
— Tais-toi! Je veux plus rien entendre! Tu sais pas de quoi tu parles! Qu'est-ce que tu crois? Que la vie elle est dure que pour toi?! T'es toujours là à jouer la victime mais en fait, tout ce que tu sais faire, c'est profiter des autres! Voler et mentir! Et qu'est-ce qui me dit que c'est pas encore une de tes histoires?

Tout ça pour que je te ramène en France. T'es la reine pour ça, non ? C'est comme toutes ces conneries que t'as racontées à ma grand-mère : « Un bonheur pour chaque perle et une perle pour chaque jour. » Tout ça pour pas que je dise ce que t'as fait cette nuit et qu'on vous laisse là, au milieu de nulle part.

Kenza me regarde froidement :

— Ça te dérange, hein, que je fasse plaisir à ta grand-mère ? Tu crois que je mentais à Pépita mais j'étais sincère. J'ai fait ça parce que je me sentais mal d'avoir voulu voler son argent. Je t'ai dit. J'avais la haine. J'ai été conne. Le collier, c'était pour m'excuser.

— C'est ça, encore un de tes mensonges.

— Tu penses ce que tu veux, c'est ton problème. Je m'en fous. De toute façon, tu te crois mieux que moi ? T'as rien à cacher ? Tu te crois parfait ? C'est quoi alors ces conneries que t'as faites en France ? Et qu'est-ce que tu faisais dans la ferme ? Qu'est-ce que t'aurais fait si j'avais pas été là ? On se débrouille tous comme on peut. Tu le sais très bien. Je vais te dire : t'es pas mieux que moi, Frédéric !

— Oh non ! je te le jure, on n'est pas du tout pareils tous les deux.

— Ouais, ben faudra que tu m'expliques la différence.

— Tu veux que je te l'explique, la différence ?

La différence, c'est que vous les Arabes, vous ne pouvez pas vous empêcher de jouer les victimes pour ensuite mieux nous planter le couteau dans le dos !

La gifle arrive si vite que j'en tombe à la renverse. Le temps que je comprenne ce qui m'arrive, Kenza est à cheval sur moi, son visage tout près du mien et ses doigts sur ma gorge.

Ses yeux sont des pelotes d'éclair :

— Tu redis ça encore une fois et je te jure sur le Coran que je t'arrache les yeux. Et les couilles avec.

D'un coup de reins, je me dégage et je l'envoie bouler à terre.

— C'est bon, calme-toi ! je dis en m'asseyant, la marque de ses doigts encore brûlante sur mon cou.

— Non, c'est pas bon ! elle fait, en époussetant sa robe miteuse comme si c'était une robe de princesse.

Elle vient se camper devant moi, les mains battant l'air comme des papillons fous :

— Non, c'est pas bon ! Parce que c'est toujours la même chose avec les gens comme toi ! C'est toujours la même chose où qu'on aille ! On n'est jamais à la bonne place ! On ne fait jamais les bonnes choses ! Dans les champs, c'est toujours : « Plus vite, bande de fainéants, sinon vous retournez au bled! Les Roumains ils travaillent mieux que vous!» C'est toujours plus vite, toujours plus vite et toujours plus dur! Et plus on en fera, plus ils vous en demanderont! Tu vois ça? Les étrangers comme nous, on les accuse de tout et on fait chier tout le monde. Sauf ceux qui se frottent les mains. Si je suis une victime, t'en es une aussi! Parce que la guerre elle est pas entre nous, Frédéric. Elle est pas entre ceux qui n'ont rien dans les poches. Qu'on soit français, marocain, polonais ou roumain! On est tous du même côté de la barrière. T'as rien compris. Il y en a toujours qui sont contents qu'on débarque ici! Et que tout le monde travaille pour trois fois rien! Mais le résultat, c'est toujours le même: on nous utilise et on nous jette! ¡ *A fuera!* Va-t'en! Sale étranger! On n'a plus besoin de toi ici! Sauf que, tu vois, chez moi, c'est nulle part! Chez moi, c'est le bord des routes, les granges abandonnées et les cabanes en tôle! Et que moi aussi j'ai envie de vivre librement maintenant! Comme toi! Sans avoir peur que les flics m'attrapent dans la prochaine orangeraie, sans avoir peur de me faire tripoter par le prochain paysan attardé qui nous embauchera! Alors je me bats avec les armes que j'ai! S'il faut voler, je vole! Et s'il faut mentir, je mens ! Ce que tu dois te rentrer dans le crâne, c'est que chez moi c'est plus le Maroc ! Parce que j'ai laissé là-bas ma mère et tous mes rêves de gamine !

Avant de tourner les talons, les yeux pleins de larmes, Kenza me crache au visage :

— Tu devrais savoir ce que c'est toi aussi, non ? Béchir m'a tout raconté ! Je sais que ton père est mort et que t'as la haine à cause de ça. Et ton père il n'était pas mieux que nous ! Un petit Espagnol parti en France pour chercher du travail ! C'était un immigré, un étranger, un moins que rien, comme nous ! Alors tu vois, on est pareils tous les deux ! Sauf que toi t'es trop lâche pour accepter la vérité !

Et moi je serre les lèvres. T'aurais jamais dû parler de mon père, Kenza. Non, t'aurais jamais dû parler de mon père comme ça.

39

C'est le soir. On a installé Pépita dans une minuscule chapelle en pierres sèches perdue dans les citronniers. La journée a duré comme un mauvais rêve.

Sous un soleil d'enfer, on a tourné des heures dans la campagne, empruntant tous les mauvais chemins secondaires pour éviter de croiser les flics ou des paysans. À un moment donné, la bagnole s'est même plantée dans un ancien ruisseau. On a dû s'y mettre tous les trois, Kenza, Béchir et moi, pour la sortir. Et même si on s'était pas adressé la parole de toute la journée, on n'a pas pu s'empêcher de s'engueuler. Quand on a repris la route, Kenza est allée se tasser à l'avant avec son père.

Pire que tout, Pépita n'a pas arrêté de délirer tout l'après-midi dans le pick-up. Petit à petit, elle semble abandonner la réalité derrière elle. Comme dans une grande marche arrière, son esprit retourne à l'époque de ses vingt ans, vers la maison au figuier, vers Alejandro, vers Federico García Lorca et vers mon père, vers tous ces fantômes qui dorment dans le Guadalquivir.

Heureusement, Jerez de la Frontera n'est plus très loin. Cent kilomètres peut-être mais c'est moi qui ai insisté pour qu'on s'arrête. Ils n'ont pas compris pourquoi. J'ai menti en disant que c'était pour Pépita. Béchir est parti à pied chercher des bouteilles d'eau dans un campement d'ouvriers agricoles qu'on a croisé à la tombée du jour. Kenza, elle, m'évite comme la peste depuis notre engueulade de ce matin et elle a disparu entre les arbres. Tant mieux. Toute la journée, j'ai ruminé ses paroles sur mon père. Et les mots de Cobra n'en finissent pas de clignoter dans mon esprit : « On va leur faire savoir qu'ils ont mis les pieds un peu trop loin. Qu'ils ont passé les bornes. Et franchi la frontière. Et que ça, ils auraient jamais dû. »

Je pense : Kenza, t'as fait un pas de trop. T'auras que ce que tu mérites.

À l'arrière du pick-up, j'ai eu tout le temps de calculer mon plan alors, oui, elle a bien raison de m'éviter comme si j'étais le diable...

Je profite de son absence pour monter dans la bagnole et me souvenir de ce que Cobra m'a appris sur la conduite. Embrayage. Vitesses. Pédale d'accélération. Frein. Marche arrière. Avec un peu de chance, je me débrouillerai pas trop mal. C'est jouable. Alors je rallume mon portable pour la première fois depuis deux jours. Deux jours qui ont duré comme une année. Messagerie : douze messages que je n'écoute pas. J'appelle à la maison. À l'autre bout : ma mère, hystérique.

— Frédéric ? Où est-ce que vous êtes ? Je suis si inquiète !

Je lui ordonne de se taire.

Et d'appeler les flics : on est à cent kilomètres de Jerez de la Frontera. Près d'une ancienne chapelle, dans les citronniers. Pas un mot de plus. Je raccroche. Si tout va bien, dans une heure Pépita et moi on sera déjà loin avec le pick-up. Avec un peu de chance, les deux mecs à la bagnole rouge qu'on a croisés hier nous auront balancés à la police. À partir de là, ça ne sera pas très dur pour eux de retrouver la chapelle. Et Béchir et Kenza n'auront plus qu'à se débrouiller avec les flics. Retour au Maroc. Fallait pas me chercher, moi. Après tout, je m'appelle Croco.

— Qu'est-ce que tu fais, Frédéric ? demande d'un coup la voix de Kenza de l'autre côté de la portière.

– C'est pas tes oignons. Casse-toi.
– Qu'est-ce que tu fais ? elle insiste. À qui tu téléphonais ? C'est quoi cette histoire de police ?

Je saute en bas du pick-up.

Sous la lumière des étoiles, je peux deviner son corps tendu, prêt à me sauter dessus, et ses lèvres tremblantes de colère.

– Tu voulais voler le pick-up, t'en aller tout seul et nous balancer aux flics, c'est ça ?!
– …
– Allez ! hurle Kenza. Pour une fois dis-moi la vérité ! Arrête de te cacher derrière tes mots tout faits ! Si t'es pas un lâche, crache-la ta haine !
– J'ai rien à te dire, je balance en me retournant vers la chapelle. Je t'ai déjà dit, j'aime pas les parasites comme toi.

Sa main vient alors s'agripper à mon épaule et me tire en arrière. Son autre main vient s'écraser sur ma joue. Claque.

– Et moi j'aime pas les cons !

Silence. Mauvais regards.

– T'aurais jamais dû faire ça, Kenza.

Et on se saute dessus. Comme deux chats qui se battent. Jusqu'au sang.

40

En silence, on roule entre les citronniers. Et il y a juste nos souffles qui se mélangent. Et nos poings qui cognent. Et nos dents qui mordent. Et nos ongles qui déchirent. Écorchés l'un et l'autre. On roule jusqu'à la berge du Guadalquivir. Emmêlés. Entrelacés. Comme des fils barbelés. Nos yeux se détestent. Sans rien se dire, on se crache au visage. Les pires insultes du monde. Et ça dure une éternité. Jusqu'à la berge qui surplombe les eaux profondes du fleuve. Mais c'est pas ça qui nous arrêtera, ni elle ni moi.

On reste un instant en suspens au bord du vide. Chacun les mains sur la gorge de l'autre. Ça se lit dans nos yeux: pas un de nous ne cédera. Malgré le fleuve qui gronde au-dessous. Malgré la terre qui s'effrite sous notre poids.

Et puis, soudain, la berge s'effondre, entraînant nos corps qui basculent. Deux mètres plus bas. Chute. Choc de l'eau glacée. Immersion. Je lâche Kenza. Je refais surface. Je tousse et je crache, essayant de reprendre mon souffle. Là-bas, à quelques mètres, la robe rose s'éloigne de moi. Je me débats, emporté dans la nuit par le courant. Je cherche quelque chose à quoi me raccrocher. Mais à chaque fois mes mains se referment sur du vide. Et puis soudain un éclair blanc déchire le ciel et traverse mon crâne. Panique. Qu'est-ce qui s'est passé ? Un liquide plus chaud que l'eau coule sur mon visage. Je réalise alors que ma tête vient de heurter un rocher ou une branche. Et que ce liquide chaud, c'est du sang. Petit à petit, mon esprit s'englue. Tout se fond dans un tourbillon monochrome. Plus de repère. Ni de haut, ni de bas. Mon corps sombre, emporté le long du fleuve. Et, brusquement, tout devient calme. Je comprends que je coule, lentement, en silence, vers les profondeurs. Je cherche la force de remonter. Mais je me sens vide. Si vide. Comme si l'eau du fleuve avait dissous ma volonté. Comme si le fleuve me disait : « Rien ne sert de lutter. » Alors j'abandonne, apaisé. Je n'ai même plus froid. L'eau m'enveloppe. Comme un manteau de nuit. Je touche le fond. Et la vase douce comme un matelas. Je ferme les yeux. Le temps ne compte plus. Je suis bien. C'est la fin.

Et puis soudain une main m'agrippe et me secoue. Je me réveille. Devant moi : la méduse noire des cheveux et les yeux affolés de Kenza. Instinct de survie. Pied d'appel. Impulsion. On remonte. Nos têtes trouent la surface. Oxygène. Inspiration. L'air chaud envahit mes poumons. Comme une renaissance.

Kenza et moi on se hisse jusqu'à la berge. Nos corps roulent dans la boue, épuisés, grelottants de froid. Vivants.

Là, face aux étoiles qui brillent au-dessus de moi, je reprends petit à petit mes esprits. Le choc de l'eau glacée et la noyade ont dissipé le voile rouge qui dansait devant mes yeux. Sans cette chute dans le fleuve, nous serions toujours en train de nous battre, Kenza et moi. Et peut-être bien que l'un de nous serait mort.

Parce qu'on aurait pu continuer comme ça toute la nuit. Jusqu'au petit matin. À se battre sans fin. Et pas un de nous deux n'aurait abandonné. Parce qu'on le sait maintenant : on est pareils tous les deux. Écorchés l'un et l'autre. Je réalise pourtant que Kenza vient de me sauver la vie. Alors ma main cherche la sienne. Et, comme un signe de paix, nos doigts se mêlent. Et le souffle court, l'un contre l'autre, nos corps se serrent pour se réchauffer. Nos yeux pleurent. De ne pas pouvoir dire ce qu'ils voudraient. Toute la rage qu'on a. Et tout l'amour qu'on a. Tout ce feu, toutes ces flammes qui restent bloqués là, à l'intérieur. Toutes ces braises qui nous déchirent et sur lesquelles on ne peut pas mettre de mots sans saigner. Parce que cette vie fait de nous des animaux, privés de parole et la bouche pleine de crocs. Des bêtes féroces qui mordent la main qui se tend. Parce qu'on a grandi trop vite avec au milieu de nous un grand vide brûlant. Alors on se serre et on se réchauffe. Et on pleure et on rit. En même temps. Comme le soleil et la pluie. Alors on se serre. Avec nos lèvres, nos bouches, nos bras, nos mains et nos doigts. Heureux d'être vivants. Si fort. Si fort. Si fort que nos cœurs pourraient exploser.

C'est à ce moment-là que s'élève une voix. Une voix qui nous fige à l'instant :
– *Buenas tardes*, dit la voix.

41

Au-dessus de nous, trouant l'obscurité, se dessine une silhouette. Celle de l'homme de la ferme. Celle de l'homme au fusil. Et le canon du fusil scintille sous les étoiles. Plus loin derrière lui s'avancent deux autres personnes. Le jeune à la voiture rouge, celui qui avait allumé Kenza, et Béchir, ligoté et bâillonné, le visage tuméfié et les yeux terrifiés.

Je comprends aussitôt que le mec de la ferme n'a jamais appelé la police. Qu'il nous a traqués sans relâche depuis l'autre jour et que c'est le jeune qui nous a balancés. Ils ont dû choper Béchir sur la route du retour et le cogner jusqu'à ce qu'il crache où on était planqués. Je comprends alors que le mec de la ferme se fera justice lui-même. Question d'honneur. Sous moi, je sens trembler Kenza. Et la crosse du fusil percute mon crâne.

Nuit.

42

Comme un cri de douleur. Ma tête enserrée dans un étau. Goût métallique dans la bouche. J'ouvre les yeux. Au-dessus de moi, les étoiles défilent à toute vitesse. En accéléré. Au rythme de mon sang qui tape dans mes tempes endolories. Profonde inspiration. J'entends le souffle du fleuve. Près de moi sur la gauche. Le souffle du fleuve qui semble me dire : Frédéric, réveille-toi ! Et plus loin, sur ma droite, le cri d'un petit animal. Allongé sur la terre, je pense : peut-être un renard, pris dans un piège ? Et puis les étoiles se figent dans le ciel et se mettent à briller plus fort. Je comprends : ce cri, ce n'est pas celui d'un animal. C'est celui de Kenza ! Flash : toute la scène en accéléré. La lutte, la noyade, le canon, les deux hommes, le coup de crosse. Adrénaline. Je me relève d'un bond. Ma tête tangue à en vomir. Je passe une main sur mon crâne : mes cheveux sont poisseux de sang. Béchir gît un peu plus loin, un gros hématome s'étalant sur le front. Je défais ses liens, je lui enlève le bâillon mais rien à faire, impossible de le faire revenir à lui, complètement dans les vapes.

Nouveau cri.

Kenza ! Je quitte la berge du fleuve. J'avance à tâtons entre les citronniers, évitant les branches acérées comme des aiguilles, silencieux. Là-bas, entre deux rangées d'arbres, je devine des corps qui luttent. Je me rapproche. Éclair rose : la robe trempée de Kenza, abandonnée à terre. Et, découpé par les feuilles de citronniers, j'entrevois ce que j'ose pas imaginer : la peau brune de Kenza qui se débat contre la chair blanche de l'homme au fusil. Le jeune, accroupi un peu plus loin, mate la scène avec un air de rapace, attendant certainement son tour. Coup de sang. Je charge. Comme un animal sauvage. Comme un taureau. En furie. Mes pas labourent le sol. Les branches craquent contre mes épaules. Je surgis entre l'alignement des arbres. Je surprends l'œil affolé de Kenza, écrasée contre un arbre par l'homme à demi nu : « Frédéric !!! »

Sur ma gauche, le jeune vient juste de comprendre ce qui se passe. Il fonce vers moi. Éclair métallique : le fusil est juste là. Jeté à même le sol en même temps que la robe rose.

On court tous les deux vers l'arme. Je l'attrape en premier. Par le canon.

Le jeune arrive au contact. Je balance alors le fusil comme un manche de pioche, de toutes mes forces. En plein dans son genou droit. Qui se brise et explose comme un œuf. Éclair de sang. Fracture ouverte. Le type s'écroule en hurlant. Volte-face. L'homme de la ferme a lâché Kenza. Il me fait face, le pantalon baissé sur les chevilles et les yeux fous. Il arme son poing. Je pointe la gueule du canon vers lui. Détonation. Explosion.

L'homme tombe au sol. Kenza s'effondre.

43

La nuit s'est emplie de l'odeur des citrons.
Les plombs que j'ai tirés sont venus hacher les branches, les feuilles et les fruits des arbres alentour.
Mais l'homme est toujours vivant, indemne. J'ai relevé le canon au dernier moment. Un peu plus loin, Kenza sanglote. Le corps dissimulé derrière sa robe rose roulée en boule. Le jeune a dû tomber dans les pommes parce qu'il a cessé de brailler en tenant son genou en sang. L'homme de la ferme est à genoux, les yeux fermés, tremblant. Il prie. Entre ses deux yeux : la morsure du canon du fusil. Moi, je me tiens devant, et je tremble autant que lui. Je sais qu'il reste une cartouche. Une cartouche à tirer. Quelques grammes de plomb. Et toute ma rage. Qui iront emporter son visage et sa cervelle. Jusque dans l'éternité. Le doigt sur la gâchette, je joue toute ma vie. Et lui aussi. On dit qu'au moment de mourir, on voit défiler sa vie en accéléré.

Comme dans un film. Ce n'est pas moi qui vais mourir aujourd'hui. Et pourtant c'est ma vie qui défile. Tout le film de ma vie. Là, face aux yeux clos de cet homme qui prie, il me semble que je n'ai jamais été aussi lucide. C'est comme si un torrent dévalait de ma mémoire. Longtemps retenu sous terre et qui inonde maintenant mon esprit. Au-delà de la peur. Frais, tumultueux et limpide. Je m'y plonge entièrement et je peux distinguer tout ce qui brille au fond de l'eau. Le petit pavillon. Un sapin de Noël illuminé dans le salon. La panoplie de Superman sous le papier cadeau.

Mes yeux qui brillent et dehors le froid qui pique. Une partie de foot avec mon père. 3 à 1 et c'est Superman qui gagne. Plus loin, sur la route du MacDo, il y a le regard fier de mon père devant les gigantesques piliers de béton. « Tu vois, ce pont, c'est moi qui l'ai construit. » Et moi, tout petit, le nez collé à la vitre de la bagnole, j'admire le travail de géant. En ville, les rues scintillent. Main dans la main, papa, maman et moi. Juste nous trois. Sous la caresse de mes premiers flocons de neige. Il y a là tous nos sourires. Et toutes mes larmes d'enfant. Au milieu de la nuit. Sa main sur ma joue. « Ne pleure pas, ce n'était qu'un cauchemar. Un mauvais rêve. » Et la chaleur de son corps, allongé près de moi dans le lit.

Plus tard c'est l'odeur du café qui coule dans la cuisine. Le soleil qui n'est pas encore levé. La porte qui se referme doucement. Et un mot sur ma table de chevet :

« À ce soir. Travaille bien à l'école. Je t'aime. Papa. »

Sous chaque pierre de ma mémoire, je retrouve chaque plaisir et chaque douleur. Chaque fierté et chaque honte. Chaque promesse tenue et chaque trahison. Toute l'histoire de ma famille. Et tous les fantômes qui me poursuivent. Alors j'arme le chien du fusil.

Des larmes se mettent à rouler sur les grosses joues de l'homme. Je sais maintenant qui est l'ennemi. Je sais que l'ennemi est en moi. Je sais que l'ennemi est invisible, intérieur. Depuis trop longtemps enfoui, dissimulé. Et aujourd'hui, cet ennemi, je le vois.

Il a la forme de tous mes regrets, de toutes mes haines, de toutes mes peurs et de toute ma rage. Et aujourd'hui, cet ennemi, je vais le tuer. Ici même, cette nuit, entre les citronniers. Je lève le canon. Je hurle. Et presse la détente. Détonation. Le feu déchire la nuit. Les flammes et le plomb s'envolent. Jusqu'aux étoiles. Libérés. Dans un nuage de fumée, l'homme ouvre les yeux, soulagé d'être encore en vie.

– *Gracías*, il dit.

Alors je lui balance la crosse sous le menton. Craquement des os. Mâchoire fracturée. Il s'effondre. Le visage détruit. Mais vivant.

44

La voix de Béchir a résonné peu de temps après. Kenza et moi on a couru entre les arbres, main dans la main :

— Promets-moi, Frédéric. Promets-moi de ne rien dire à mon père.

Et j'ai promis. J'ai dit :

— On partira ensemble, Kenza. On ira jusqu'à Jerez de la Frontera. Tous ensemble.

On a retrouvé Béchir un peu plus loin sur la berge du fleuve, la tête de travers mais bien réveillé. Il a demandé ce qui s'était passé. J'ai fait bref pour pas donner de détails sur ce qui était arrivé :

— C'est bon. C'est réglé. Ils sont partis.

Il a tiqué mais il y avait plus important :

— Frédéric, Pépita a besoin de toi.

J'ai gueulé :

— Quoi ? Qu'est-ce qu'ils lui ont fait ?!

— Rien, c'est pas elle qui les intéressait. Ils l'ont pas touchée. Mais quand on est passés, elle… elle n'allait pas très bien.

Alors j'ai couru jusqu'à la chapelle.

Ça m'a fait un choc de la voir allongée là, dans le noir, comme dans un tombeau. Et j'ai tout de suite compris : c'est bientôt la fin pour Pépita.

– Federico ? Federico ? C'est bien toi ?

Je serre la main de Pépita pour lui dire : « Oui, c'est bien moi », même si aucun son ne sort de ma bouche. J'essuie le sang qui me coule sur le front.

Dans l'obscurité de la chapelle, la pâleur de Pépita semble irréelle. Plus que jamais, elle ressemble à une icône d'église.

Elle appelle :

– Federico, viens plus près de moi. Tu le sais hein, que j'aime ta poésie ? J'aime quand tu dis pour moi les mots qui chantent la terre, le soleil et le sang. J'aime tes mots qui disent la liberté. Et Alejandro, tu te rappelles d'Alejandro ? Bien sûr que tu te rappelles. Il était avec toi quand les fascistes t'ont fusillé. Tu te rappelles ce jour-là, Federico ? Tu te rappelles comment vous avez bombé le torse face au canon des fusils ? Bien sûr que tu t'en rappelles. Oh ! comme je lui en ai voulu à Alejandro d'être mort ce jour-là, et de m'avoir laissée toute seule avec le bébé. Et à toi aussi, Federico…

La voix de Pépita se brise alors contre une quinte de toux. Les larmes aux yeux, je la redresse et je blottis sa tête contre mon épaule. Dans son esprit, les âges se mélangent. Toute l'histoire se fond dans un même tourbillon :

— Oui, je lui en ai voulu. Et à ton père aussi, Frédéric. Je lui en ai voulu d'être parti comme ça sans se retourner. On ne saura jamais si c'était un accident, Frédéric. Mais peu importe. Il faut pardonner. Pardonner aux hommes d'être trop vivants pour s'attacher à la vie. Toi aussi tu pardonneras un jour. Tu pardonneras aux lâches, aux fascistes et aux ignorants. Tu pardonneras à tous ceux qui s'attachent trop à la vie… Federico, Alejandro, je vais vous rejoindre maintenant. Je rentre à la maison. Tout au bout du Guadalquivir.

Elle se met à réciter. Et ma voix l'accompagne :

« Vierge en crinoline,
Vierge de la Soledad,
épanouie comme une immense tulipe.
Dans ta barque de lumières
tu vas
sur la marée haute
de la ville,
parmi des *saetas* troubles
et des étoiles de cristal.

Vierge en crinoline,
tu vas
sur le fleuve de la rue
jusqu'à la mer ! »

Et la voix de Pépita s'éteint, presque jusqu'au sommeil. Sur mes joues roulent des larmes. Et sur mon épaule, une main doucement se pose. Celle de Kenza : « On va la ramener chez elle. »

45

Serrés tous les quatre dans le pick-up, on traverse la nuit des citronniers. Leur odeur se mêle à celle de Pépita qui dort au creux de mon épaule. Loin derrière nous, j'imagine gyrophares et sirènes mais nous sommes déjà loin. Les flics ne trouveront que les deux mecs amochés. Et je me fous de ce qu'ils iront raconter. Qu'on les a agressés ou une connerie dans le genre. J'ai fait ce que j'avais à faire et j'ai l'esprit tranquille. J'ai laissé là-bas, au bord du Guadalquivir, ma rage et mon désir de vengeance. Longeant le fleuve, dans le silence de la nuit, il n'y a que le chant un peu rauque de Kenza qui accompagne notre voyage.

46

Le jour se lève à peine et nos yeux peinent à rester ouverts. Et pourtant devant nous se mélangent toutes les couleurs du monde : vert du fleuve, bleu de la mer, jaune du soleil, blanc des maisons et aussi toutes les teintes des barques qui quittent le Guadalquivir pour la mer.

Tout à l'heure, anonymes et clandestins, nous avons traversé des villages et des quartiers assoupis, nous sommes allés plus loin que Jerez de la Frontera et nous voici à l'embouchure du Guadalquivir.

Nous avons installé Pépita sur la plateforme du pick-up, face au fleuve. Comme dans une barque. Le soleil qui se lève caresse maintenant ses joues roses et ses yeux mi-clos. Béchir, Kenza et moi on s'est assis à côté d'elle et je lui tiens la main. Je sais que c'est bientôt la fin mais il n'y a pas la moindre douleur en moi. Parce que je sais que ma grand-mère est là où elle voulait être, qu'aujourd'hui elle réalise son rêve et qu'elle est heureuse que je sois simplement là, à ses côtés, en paix avec moi-même.

Pépita prend une profonde inspiration. L'air de la mer et celui du fleuve mêlés enchantent son corps. Apaisée, sereine et fière, c'est comme si toute l'Andalousie rentrait en elle. Et comme si elle pouvait contenir en elle toute l'Andalousie mais aussi tous les rêves et tous les souvenirs du monde.

Là, dans cet océan de sable et de barques colorées, où le fleuve rend à la mer ce qui appartient à la terre. Là, où toutes les eaux se mélangent. Là, où tout se confond sans plus aucune frontière. Passé, présent et avenir. Là, où tout est maintenant possible : l'Atlantide, les fantômes de Federico García Lorca, d'Alejandro et de mon père, et aussi tous les rêves de Pépita. Là, où le taureau s'endort pour toujours. Et renaît à jamais. Alors, dans un dernier souffle, Pépita ferme les yeux. Et rejoint l'autre côté.

47

La grille du jardin s'est ouverte avec un grincement. Ça n'a pas été évident de retrouver la maison. Autrefois noyée dans la garrigue, de petits lotissements ont poussé tout autour et la maison tout en pierre semble décalée, vestige d'un autre temps.

Pourtant, fière, elle est toujours là. Entourée de murets. Avec le vieux puits et le figuier qui porte encore des fruits. Le jardin me semble moins vaste que quand j'étais enfant. Et la maison plus petite. Mais peut-être est-ce moi qui ai trop grandi…

Je glisse la grosse clé rouillée dans la vieille porte à la peinture écaillée. Je tourne. La porte s'ouvre. Alors je me retourne vers la grille du jardin. Là-bas où m'attendent Béchir et Kenza.

– C'est bon, je dis, c'est ouvert.

Tout à l'heure j'ai donné à Béchir le sac de Pépita.

J'ai dit :

– Le sac, et tout ce qu'il y a dedans, là où elle est, elle n'en aura plus besoin maintenant.

À l'intérieur, il y avait les billets, la clé que j'ai gardée pour moi, et aussi l'adresse de l'ami avec la plantation de citronniers, griffonnée sur un petit bout de papier. Jusqu'à la fin, Pépita avait tout prévu.

– Faites-en ce que vous voulez.

Béchir a protesté mais j'ai insisté :

– Je sais qu'elle aurait aimé que vous le preniez. Si elle était encore là, elle vous aurait tout donné. Vous le savez. C'est pas l'argent le plus important. C'est ce que vous ferez avec qui compte.

Alors Béchir a pris le sac :

– Merci, petit. Que Dieu t'accompagne toujours sur ta route.

J'ai rien répondu. Parce que je ne crois pas en Dieu. Et que Dieu, s'il existe, doit pas croire en moi lui non plus. Mais je sais que Pépita, elle, m'accompagnera toujours. Peu importe la route.

Là-bas, tout près de la grille du jardin, Béchir me fait un dernier signe de la main puis il se retourne et s'en va vers le pick-up garé un peu plus loin, laissant Kenza toute seule. Toute seule pour un dernier adieu. Sans doute parce que pour les adultes, il faut toujours un dernier adieu. Comme une dernière ligne, une dernière virgule, un dernier mot avant le point final.

Un dernier adieu pour fabriquer un dernier souvenir. Comme pour repousser plus loin les regrets.

Kenza hésite un instant, aussi mal à l'aise que moi, puis elle fait quelques pas dans le jardin. Elle s'arrête sous le figuier et pose sa main sur le tronc. Je m'approche. On baisse les yeux. On se cherche. Une dernière fois. Et aucun son ne sort de nos bouches parce qu'on sait bien, au fond, qu'il n'y a pas grand-chose à dire. Parce que nos routes se séparent aujourd'hui. Et qu'on va se quitter aussi vite qu'on s'est rencontrés. Bien sûr, je pourrais lui donner mon numéro de portable. Lui dire de m'appeler si un jour elle arrive jusqu'en France. Lui donner mon adresse même. Tout ça noté sur des bouts de papier qu'elle glisserait dans une poche de sa robe rose miteuse.

Et elle ne pourrait pas retenir un sourire un peu faux. Parce qu'elle le sait, elle aussi, qu'on ne peut pas savoir de quoi sera fait demain. Où nous mèneront nos pas. Sur quelles routes on marchera. Que ce soit dans une plantation de citronniers, un nouveau pays ou même en prison.

Alors on ne dit rien. Entre nous il n'y a plus besoin de mots. On se fait simplement un geste de la main. Nos peaux se frôlent. Comme pour se dire au revoir. Et elle s'en va. Sans se retourner.

Longtemps, je reste près du figuier. Avec cette dernière image gravée au fond des yeux. La robe rose de Kenza qui s'évanouit.

Bien après que le bruit du moteur du pick-up a disparu, j'ouvre en grand la porte de la vieille maison. J'en respire les odeurs depuis trop longtemps oubliées. J'ouvre tous les volets aux ferrures grippées. Je laisse entrer le soleil de ce matin d'été. Je disperse la poussière accumulée entre les photos et les livres sur les étagères. Tout à l'heure, j'ai prévenu maman que j'étais là. Dans la vieille maison de Pépita. Ça me laisse encore un peu de temps avant que la police débarque. Après il me faudra expliquer beaucoup de choses, convaincre beaucoup de monde. Je sais pas si je pourrai m'en tirer sans aller en taule mais ce qui est sûr, c'est que je raconterai tout de A à Z. Toute la vérité. Ma vérité. Et s'ils ne me croient pas, je recommencerai. Encore et encore. Je les saoulerai avec mes mots.

Jusqu'à ce qu'ils comprennent qui je suis, ce que j'ai fait et pourquoi je l'ai fait. Alors en attendant, je profite du silence. Je m'installe sous le figuier. J'ouvre le livre. Mon premier livre de Federico García Lorca.

Épilogue

L'éduc est venu me chercher quand on rentrait dans le réfectoire.
— Frédéric, téléphone. Dépêche-toi, on va manger.
À l'autre bout, c'était l'inspecteur. Celui qui m'avait arrêté à Jerez de la Frontera, il y a quelques semaines de ça.
— Toujours rien, Frédéric. Dis-moi où elle est, il a demandé.
— Je vous l'ai dit. Je sais pas. Elle est partie. C'est tout.
J'ai entendu son soupir dans le téléphone.
— Un corps, ça ne disparaît pas comme ça.
J'ai haussé les épaules. J'ai repensé à ce jour-là, où j'avais demandé une clope au flic assis à côté de moi dans la voiture. Il me l'avait allumée avec son briquet pendant que de l'autre côté de la vitre de la bagnole, sur les berges du Guadalquivir, les mecs cherchaient Pépita. J'avais tiré sur la cigarette, sans me presser, en me récitant des vers de

Federico García Lorca, rien que pour moi. Et pour Pépita.

J'avais fumé comme ça cinq ou six clopes avant que les flics reviennent à la voiture, bredouilles. Pépita n'était plus sur la berge. Et pourtant on l'avait allongée là, sur un lit de joncs, en paix, juste quelques heures auparavant. Pépita avait tout simplement disparu. J'avais ouvert de grands yeux mais j'avais pas été plus surpris que ça. J'avais même souri en pensant que Pépita nous jouait un de ses derniers tours. Tant pis si ça n'arrangeait pas mon cas.

Après, l'inspecteur m'avait tanné pendant des heures pour que je crache le morceau. Mais j'avais plus rien à dire. J'avais donné toute la vérité. Pépita n'était plus là. Elle était partie. C'était tout.

— Et tes deux clandestins, c'est pareil. Envolés, a dit la voix à l'autre bout du fil.

J'ai souri. Là aussi, j'avais dit toute la vérité :

— Ils sont partis. Je sais pas où. Avec le sac de Pépita et tout l'argent qu'il y avait dedans.

J'avais juste oublié de parler de l'adresse de la plantation de citronniers. Donc j'avais pas menti. Est-ce qu'ils étaient encore en Espagne, en France, ou est-ce qu'ils étaient rentrés au Maroc pour renouer les liens brisés avec la mère de Kenza ? Mystère.

L'essentiel était que les flics n'aient pas pu mettre la main dessus. Mais là non plus ça ne jouait pas en ma faveur. Même si finalement les deux mecs que j'avais amochés entre les citronniers n'avaient pas porté plainte contre moi. Pour pas faire de vagues, ils avaient préféré dire qu'ils s'étaient battus entre eux. Une histoire de femme, ils avaient déclaré aux flics.

Moi, j'avais juste écopé pour ma tentative de fuite à Madrid, actes racistes et mise en danger de la vie d'autrui. Le juge avait halluciné sur toute l'histoire de Pépita mais le spécialiste de l'hôpital avait attesté que les cas de personnes âgées s'enfuyant de l'hosto sur un coup de tête étaient monnaie courante. «On en retrouve à tous les coins de rue», il avait dit. Devant la mine interrogative du juge, il avait ajouté : «Et encore, quand on les retrouve...» Et là, justement, pas de trace de Pépita. Le mot qu'elle avait laissé sur son lit, les billets qu'elle avait achetés dans le train et le coup de sac dans la tête du contrôleur avaient fini par enterrer les doutes du juge. Je m'étais simplement contenté de suivre Pépita dans son délire.

La partie avait été plus rude concernant le meurtre du gars de la cité. Effectivement, Cobra et Chacal m'avaient chargé à fond.

Mais ça n'a pas passé le stade de la confrontation. Je me rappelle le visage effondré de Chacal ce jour-là dans la salle d'interrogatoire. Son père devait lui mener la vie dure depuis quelques jours. Son père, justement, il était là, de l'autre côté de la vitre, quand Chacal s'est assis tout tremblant sur cette chaise en face de moi. Je ne sais pas comment son père s'était démerdé pour être présent mais je voyais bien qu'il voulait s'assurer que Chacal ne parle pas.

Moi, j'avais décidé de pas lui rentrer dedans. Après tout, c'était mon pote. Et rien qu'en voyant les cernes noirs sous ses yeux, je comprenais pourquoi il m'avait balancé. Il n'avait pas eu le choix avec son père. C'était comme ça. Il ne pouvait pas dire la vérité. Alors j'ai posé ma main sur celle de Chacal et j'ai dit : « Je t'en veux pas, frangin. » Il a tourné la tête vers la vitre, vers son père de l'autre côté. Il y a eu un silence. Le regard de Chacal s'est attardé sur son visage, cherchant je sais pas quoi ou comme pour le graver dans sa mémoire. Quelques secondes sont passées mais le visage de son père est resté fermé, dur comme de la pierre, et Chacal a baissé les yeux. Ensuite, il s'est tourné vers le flic assis à côté de nous qui préparait sa liste de questions. Il a dit : « Les questions c'est pas la peine. C'est pas Frédéric. C'est moi qui ai tiré. » On a entendu le poing de son père résonner contre la vitre. Chacal s'est retenu de chialer. Et ça m'a fait mal pour lui, ce coup de poing derrière la vitre. Puis il s'est mis à sourire malgré tout. Sûrement parce qu'il se disait que son père ne pourrait plus jamais le toucher. De l'autre côté de la vitre, son père est devenu fou. Des flics sont arrivés pour le ceinturer. Chacal n'a pas bougé et il a continué à sourire. C'est comme ça que ça s'est passé et depuis je l'ai jamais revu.

J'ai juste appris qui était le gars que Chacal avait tué. C'était celui qui lui avait pissé dessus le soir du supermarché. Il avait tout prévu. Il voulait revenir se venger. Et il l'avait fait.

Pour Cobra, je crois bien qu'il passera son CAP en taule. En face de moi, il est resté muet comme une tombe. J'ai rien dit non plus. C'était pas la peine. Les flics en avaient assez sur lui pour remonter la filière. Ils ont trouvé son carnet d'adresses et ils ont chopé des mecs à Lille et à Marseille. Avec des armes, des explosifs et un projet d'attentat contre la mosquée de Paris. Cobra n'était qu'un rouage de la machine. « Un simple pion, avait dit le juge. Mais sur un échiquier, toutes les pièces sont dangereuses. » Son avocat avait protesté en soulignant le caractère irresponsable de Cobra pour qui, justement, tout ça n'était qu'un amusement. « Sauf que nous ne sommes pas dans un jeu », avait conclu le juge. Et Cobra était parti en taule. Mais je savais déjà que tout recommencerait dès qu'il sortirait. Parce que, comme me l'avait expliqué Kenza, c'est une histoire sans fin. On a beau tous être du même côté de la barrière, tous faire partie du clan de ceux qui n'ont rien entre les mains, on est trop cons pour s'en rendre compte. Trop révoltés pour mener la révolution. Et on se fait la guerre pendant que d'autres se frottent les mains. Alors oui ! je sais que la guerre continuera.

Moi, j'avais fini au foyer. Le temps que tout s'arrange. « Que je retrouve mes repères » selon le psychologue avec qui j'avais discuté. Ma mère avait été effondrée qu'on lui retire ma garde. Elle s'en voulait. Elle pensait que tout était de sa faute. Je l'avais consolée comme j'avais pu mais j'avais pas encore trouvé les mots pour lui expliquer ce qui s'était passé. Mais est-ce que je le savais vraiment moi-même ? Alors plutôt que de bredouiller des conneries, je lui avais simplement donné le bouquin de Federico García

Lorca. J'avais dit : « Lis-le en pensant à moi. »
Et j'attendais ma sortie.

Au téléphone, la voix de l'inspecteur m'a tiré de mes pensées.

– Elle est pleine de fantômes ton histoire, Frédéric.

Je me suis marré.

– Vous croyez aux fantômes, inspecteur ? Alors vous feriez mieux de laisser tomber.

– Pourquoi ?

– Parce que les fantômes, on ne peut pas les attraper.

Et puis j'ai raccroché.

En retournant vers le réfectoire j'ai pensé au moment où je sortirais. Et à tout ce que je ferais ensuite. J'ai pensé qu'un jour je retournerais là-bas. Près du Guadalquivir. À Jerez de la Frontera. Je me suis promis d'aller chanter sur les rives du fleuve. De chanter pour les fantômes. Et de retrouver Pépita.

Après des études de littérature anglophone, **STÉPHANE SERVANT** a été intervenant artistique en milieu scolaire et associatif. Il s'est ensuite aventuré dans le développement culturel, les arts du cirque, le graphisme, l'illustration de presse. Il se consacre aujourd'hui pleinement à l'écriture d'albums jeunesse et de romans.

Retrouvez-le sur son blog : stephaneservant.over-blog.com

www.onlitplusfort.com

Le blog officiel des romans Gallimard Jeunesse.
Sur le Web, le lieu incontournable
des passionnés de lecture.

ACTUS // AVANT-PREMIÈRES //
LIVRES À GAGNER // BANDES-ANNONCES //
EXTRAITS // CONSEILS DE LECTURE // INTERVIEWS
D'AUTEURS // DISCUSSIONS // CHRONIQUES DE
BLOGUEURS...

Dans la collection
Pôle fiction

M. T. Anderson
  Interface

Bernard Beckett
  Genesis

Terence Blacker
  Garçon ou fille

Judy Blundell
  Ce que j'ai vu et pourquoi j'ai menti

Anne-Laure Bondoux
  Tant que nous sommes vivants

Ann Brashares
  Quatre filles et un jean
  • Quatre filles et un jean
  • Le deuxième été
  • Le troisième été
  • Le dernier été
  • Quatre filles et un jean, pour toujours
  L'amour dure plus qu'une vie
  Toi et moi à jamais
  Ici et maintenant

Melvin Burgess
  Junk

Florence Cadier
  Le rêve de Sam

Orianne Charpentier
  Après la vague

Sarah Cohen-Scali
  Max

Eoin Colfer
  W.A.R.P.
  • 1. L'Assassin malgré lui
  • 2. Le complot du colonel Box
  • 3. L'homme éternel

Ally Condie
  Atlantia
  Promise
  • Insoumise
  • Conquise

Andrea Cremer
  Nightshade

- 1. Lune de Sang
- 2. L'enfer des loups
- 3. Le duel des Alphas

Christelle Dabos
La Passe-Miroir
- 1. Les Fiancés de l'hiver

Grace Dent
LBD
- 1. Une affaire de filles
- 2. En route, les filles !
- 3. Toutes pour une

Victor Dixen
Le Cas Jack Spark
- Saison 1. Été mutant
- Saison 2. Automne traqué
- Saison 3. Hiver nucléaire

Animale
- 1. La Malédiction de Boucle d'or

Berlie Doherty
Cher inconnu

Paule du Bouchet
À la vie à la mort
Chante, Luna

Timothée de Fombelle
Le livre de Perle

Alison Goodman
Eon et le douzième dragon
- Eona et le Collier des Dieux

Michael Grant
BZRK
- BZRK
- Révolution
- Apocalypse

John Green
Qui es-tu Alaska ?

Maureen Johnson
13 petites enveloppes bleues
- La dernière petite enveloppe bleue
Suite Scarlett
- Au secours, Scarlett !

Sophie Jordan
Lueur de feu
- Lueur de feu
- Sœurs rivales

Justine Larbalestier
Menteuse

David Levithan
A comme aujourd'hui

Erik L'Homme
Des pas dans la neige

Sue Limb
15 ans, Welcome to England !
• 15 ans, charmante mais cinglée
• 16 ans ou presque, torture absolue

Federico Moccia
Trois mètres au-dessus du ciel

Jean Molla
Felicidad

Jean-Claude Mourlevat
Le Combat d'hiver
Le Chagrin du Roi mort
Silhouette
Terrienne

Jandy Nelson
Le ciel est partout

Patrick Ness
Le Chaos en marche
• 1. La Voix du couteau
• 2. Le Cercle et la Flèche
• 3. La Guerre du Bruit

William Nicholson
L'amour, mode d'emploi

Han Nolan
La vie blues

Tyne O'Connell
Les confidences de Calypso
• 1. Romance royale
• 2. Trahison royale
• 3. Duel princier
• 4. Rupture princière

Isabelle Pandazopoulos
La Décision

Leonardo Patrignani
Multiversum
• Memoria
• Utopia

Mary E. Pearson
   Jenna Fox, pour toujours
   L'héritage Jenna Fox

François Place
   La douane volante

Louise Rennison
   Le journal intime de Georgia Nicolson
   • 1. Mon nez, mon chat, l'amour et moi
   • 2. Le bonheur est au bout de l'élastique
   • 3. Entre mes nungas-nungas mon cœur balance
   • 4. À plus, Choupi-Trognon...
   • 5. Syndrome allumage taille cosmos
   • 6. Escale au Pays-du-Nougat-en-Folie
   • 7. Retour à la case égouttoir de l'amour
   • 8. Un gus vaut mieux que deux tu l'auras
   • 9. Le coup passa si près que le félidé fit un écart
   • 10. Bouquet final en forme d'hilarité

Carrie Ryan
   La Forêt des Damnés
   • Rivage mortel

Robyn Schneider
   Cœurs brisés, têtes coupées

Ruta Sepetys
   Big Easy
   Ce qu'ils n'ont pas pu nous prendre

Dodie Smith
   Le château de Cassandra

L.A. Weatherly
   Angel
   • Angel Fire
   • Angel Fever

Scott Westerfeld
   Code Cool

Moira Young
   Les chemins de poussière
   • 1. Ange de la mort
   • 2. Sombre Eden
   • 3. Étoile rebelle

Le papier de cet ouvrage est composé de fibres naturelles, renouvelables, recyclables et fabriquées à partir de bois provenant de forêts gérées durablement.

Maquette : Françoise Pham
Photo de l'auteur : D.R.

ISBN : 978-2-07-508079-8
Loi n° 49-956 du 16 juillet 1949
sur les publications destinées à la jeunesse
Dépôt légal : mars 2017
N° d'édition : 311938 – N° d'impresssion : 215500
Imprimé en France par Maury Imprimeur - 45330 Malesherbes